魔女沫沫的另類修行

遊歷人類世界 ④

蘇飛 著
Tamaki 繪

新雅文化事業有限公司
www.sunya.com.hk

目錄

角色介紹

羅賓

魔女沫沫的修行助使，牠是一隻十分囉嗦的知更鳥。

沫沫

小魔女，十歲。外表與人類相似，但長得十分矮小。她臉色雖有些蒼白，神情也很冷酷，卻宛如洋娃娃般精緻美麗。有時沫沫為了幫助人類，會違規使用魔法。

齊子研

小魔女，十一歲。聰明而有
點高傲，個性外向而衝動，
沒有耐性，脾氣來得快也去
得快。

喬仕哲

小魔子，十一歲。子研的表
哥，是守規矩的乖乖紳士，
不喜歡觸犯規則是因為不想
讓自己陷入危險或不好的事
情當中。

房米勒

小魔子，十一歲。魔法力不
高，常被同輩欺負，但為人
熱情憨厚，總是熱心助人。

嚴農

沫沫的養父，是魔侍中的費
族。由於擅長煉藥，被人稱
為魔法藥聖。

魔侍知識

～ 速度力 ～
能使速度加快。

咒語：
德起稀達，速！

～ 開花力 ～
讓物件冒芽開花。

咒語：
阿殼麻鑽，開花！

～ 幻想力 ～
製造指定物件或氣味的幻象。

咒語：
歡打戲牙，(物件／氣味)！

～ 催眠力 ～
能讓物體睡去。

咒語：
系諾絲，眠！

～ 屏障去除力 ～
去除屏障。

咒語：
阿飛雷息讓克魔爾，開路！

～ 驅散力 ～
撥開一切遮蔽物。

咒語：
形夾離稀，散開！

～ 對換力 ～
可將兩個物體對換過來。

咒語：
安塔雷及，換！

～ 隱身力 ～
讓自己隱去身影。

咒語：
拉浮雷雅，隱身！

魔侍手冊

每個魔侍都有一本魔侍手冊，翻開第一頁即寫明魔侍必須遵守的守則。

魔侍們還可以透過魔侍手冊查找所需資料，比如找出需要幫助的人類資料、煉藥小屋可以安置的地方等等。

綠水石

一塊晶瑩剔透、大小有如一顆雞蛋的暗綠色石頭，屬於稀有魔法物品。

通過它，魔侍能看到某個人類的行動與狀況。它還具有預示危險事件的魔力及視像通話功能。

魔法緞帶

一種特殊魔法道具，必須通過提煉而成。有各種不同功能的魔法緞帶，比如變形緞帶、搬運緞帶、移行緞帶等等，每種緞帶具有不同顏色。

魔法手印

兩掌掌心朝上，拇指捏住中指，往中心移動使兩手食指相連。動作是輔助專注意念，高階魔侍無需動作也可施行魔法力，但低階魔侍通常需要動作輔助，讓意念專注才能有效發揮魔法力。

這些都只是一小部分的魔侍知識。若想提升魔法力，你就要多留意書中提到的各種知識了！

❦ 魔侍守則第一條 ❦

不能用魔法有意傷害人類。

❦ 魔侍守則第二條 ❦

與人類保持距離，
不能與他們成為朋友。

❦ 魔侍守則第三條 ❦

守護人間正義及秩序，
有能力者必須幫助地球上
需要幫助的人。

引子

　　在很深很深的叢林裏頭，住着一羣不為人知的特別物種——魔侍。

　　魔侍的外觀與人類相似，他們與人類最大的分別，就是擁有某些特殊的神秘力量——魔法力。

　　魔侍與世無爭，熱衷於修行，並分為三個族羣——費族、仁族和松族。

　　他們與人類一樣有男女之分，男的被稱為魔子，女的則喚作魔女。

　　魔侍與人類原本河水不犯井水，互不相干。直到某一天，一位人類踏入他們位於叢林深處的家園……

從此，人類便與他們扯上了關係。

叢林周邊的小城鎮開始有一些關於他們的流言蜚語，甚至有人傳唱：

潘朵拉的盒子開啟了
在東方最隱秘的森林
魔女狂妄起舞
酷暑夏至來臨
眾星繞月之時
傲慢人類承受浩劫

魔侍不喜歡人類對他們的誤解，因此他們之中有些人走出叢林，來到人類的世界。

如果你遇見了他們，是幸運，還是不幸呢？

第一章

活蹦亂竄的小東西

天色朦朧。深藍色的天空畫布漸漸滲進橘黃色顏料，大地一點一滴地**蘇醒**過來。

尼克斯魔法修行學校教學大樓逐漸褪去黑暗的外殼，刷上了一層微黃的光芒，空氣中卻瀰漫着一股奇怪的**騷動**氣息，揭示了寧靜早晨的不平凡動靜……

一位小魔女施行速度力穿行於尼克斯魔法學校的樹林小徑，她看起來兩眼迷濛，一副睡不醒的樣子，不過，腳步可沒有慢下來。

她，正是魔女沫沫。

不一會兒，她**氣喘吁吁**地停在了掛着「魔法味蕾」牌子的食堂門口。

由於昨晚去人類世界幫助人類，沫沫回宿舍後才來趕功課，忙到凌晨兩點方入睡，誰知六點不到又被她的修行助使——「羅賓」給拉起來了！

「沫沫啊，你已經連續幾天沒有好好吃晚飯和早餐，這樣下去可不行啊！要是農叔知道，肯定會責怪我，你也不想我被你農叔責怪，而且啊，他一定會唸你不吃早餐……」

羅賓是隻灰藍相間的**優雅**知更鳥，牠是個非常愛操心的修行助使，時刻都在為沫沫擔憂，但牠喜歡碎碎唸的性格讓沫沫有點受不了。

於是，雖然沫沫眼皮厚重得快睜不開，還是乖乖地趕到魔法食堂。

由於時間尚早，魔法食堂內的魔侍並不多。

沫沫來這裏用餐的次數五根手指數不完，每回都是買些簡便食物，匆匆吃完就離開。

由於魔法食堂**提倡**環保概念，食物通常是簡便飽足的料理，比如三明治類和飯糰類，容易

吃也容易帶走。不過魔法食堂並沒有提供免費餐飲，這裏的每樣食物和飲料都有標明價格和營養成分。

羅賓仔細地看今天的餐牌，然後對沫沫説：「文魚可是完全沒有受到污染的魚類，文魚卵就**更珍貴**了，沫沫，早餐一定要吃得豐富，你最近晚餐都只是吃白麵包……」

「好，好。我點最貴的文魚卵飯糰可以了吧？」

「那又不行，文魚卵飯糰一個就七分銀幣*，我們每天的餐飲份額只有十分銀幣，那午餐和晚餐就不夠吃了！」

最後，沫沫乖乖地點了羅賓指定的雲朵菇文魚鬆飯糰，一個三分銀幣。

---

*銀幣：魔侍世界的通用貨幣，呈圓形，由鉑金鑄成，因其銀白色外觀而被稱為銀幣。有幾種幣值，例如有一元銀幣（直徑2厘米）、十元銀幣（直徑2.5厘米）、百元銀幣（直徑3厘米）、千元銀幣（直徑3.5厘米）。另有一種銀幣稱為分（直徑1.5厘米），十分等於一元銀幣。

「最貴又怎樣？還是比不上人類世界的紅燒鰻魚好吃。」

沫沫回過頭，說這話的，是教導他們人類學的凌老師。

凌老師年紀頗大，據說已經七十多歲。他頂着一頭銀白色的頭髮，身材中等，臉色紅潤，說話中氣十足，走起路來健步如飛，一點兒也不像七十歲的魔侍呢！

「老師早安！」沫沫向凌老師打招呼。

「如果我沒記錯，你是……」凌老師皺着鼻子，似乎絞盡腦汁地思索，然後如孩子般喜悅地敲了個響指，道：「嚴沫沫！對，你肯定是嚴沫沫。」

凌老師時常記錯同學的名字，唯獨對沫沫，他卻奇跡般的不會記錯。據羅賓說，凌老師曾經在魔侍安全廳之下的消除事務所工作，常跟嚴農訂購遺忘緞帶，可說是農叔的老顧客呢。

沫沫頷首應答，並好奇地問道：「老師你

吃過人類世界的紅燒鰻魚嗎？」

「當然。我還吃過南洋香料炸雞、孔府一品鍋、東坡肉、普羅旺斯燉菜、紅酒燉牛肉⋯⋯」

凌老師舉了多道菜餚名稱，說完口水似乎快流出來了。

「魔侍世界太注重健康和環保，烹煮方式當然沒有人類世界的好吃。不過，好吃的東西也不一定要天天吃，偶爾吃到才顯得更珍貴啊！」

「老師你時常去人類世界吃東西？」沫沫感到很**驚訝**，她一直以為魔侍是不被允許隨意到人類世界的。

「當然！我每年都會帶同學去人類世界考察。」凌老師兩眼充滿了神采，湊過來對沫沫說，「不瞞你說，我即將安排一堂視察課，帶你們去人類世界看看。人類族羣非常多，食物也非常多變化⋯⋯」

凌老師發現沫沫手上拿着飯糰，識趣地停止了**滔滔不絕**的言論，道：「關於人類的奧秘，

我都會在課堂上跟你們分享，有什麼想知道的，也可以在課堂上提問。」

說着他就過去點了魔法食堂其中一款最昂貴的餐點——文魚卵飯糰套餐。套餐除了有一個文魚卵飯糰，還有松茸汁布丁及牛油果粒沙拉。

除了文魚卵飯糰套餐，「魔法味蕾」最昂貴的餐點還有醃鵝肝水晶菇飯糰、豪華版文魚鬆三明治套餐（所謂的豪華版其實就是分量增倍）、脆脆雪花文魚片漢堡、烏牛里脊粒櫻花籽飯糰。

凌老師點完食物，再加點一杯泡沫曼豆奶茶。文魚卵和曼豆可都是魔侍世界少有的昂貴食品。

羅賓看得**瞪大了眼**，悄悄對沫沫說：「凌老師真是大方！他點這兩樣東西加起來已經超過十分銀幣了啊！」

「我覺得凌老師是個很懂得享受生活的魔侍。有機會的話，我也想跟老師一起享用人類世

界的美食，聽他説説各種美食的由來和烹煮方法呢！」

說着沫沫和羅賓找了個位子坐下，好好享用早餐。

吃完早餐，羅賓又説：「只是吃東西還不夠，沫沫啊，你必須喝點熱的暖暖身體，農叔交的學費包括餐費，我們不需要吃太貴，但也不要叫太便宜的，不划算，最好是剛剛好用完十分銀幣餐飲份額……」

沫沫知道羅賓又要**長篇大論**一番，於是快快再點了杯價格不貴也不便宜，值一分半銀幣的葉綠素麥芽飲料。

吃飽喝足，沫沫見時間差不多了，**風塵僕僕**地趕去教學樓。

沫沫抵達時，有位魔女幾乎與沫沫同一時間到達門口，緊貼在沫沫身後停下來。

那魔女嘟起嘴，埋怨道：「都是你！要不是你拉我們下水，我也不會起不來。」

說這話的，正是昨晚幫沫沫一起到人類世界執行助人計劃的齊子研。

　　「不過這還不是最糟的，你知道今天第一節是什麼課嗎？是惡神的魔法使用規範課！偏偏我昨晚太累了，沒有預習到惡神規定要讀的魔法力規則！」

　　子研說完，大跨步爬上樓梯，沫沫趕緊跟上子研。雖說她沒有很怕外號「惡神」的萬聖力老師，但她不喜歡被惡神那如野狼一樣**鋒利**的眼睛盯着的感覺。

　　「要是惡神叫到我，你可要負責！」

　　「怎麼負責？」

　　「我怎麼知道？」子研不可置信地瞪她，道：「這是你必須負責的事，不是我。」

　　子研和沫沫跨過轉角，看到米勒在樓梯口**焦急踱步**。米勒一見到她們就如釋重負，急忙對她們說：「完蛋了，完蛋了！這次我們完蛋了！」

沫沫迅速走上三樓，只見仕哲和同學在課室外左閃右躲地蹦蹦跳跳，她視線往下一看，竟然有一羣白鼠在他們腳邊竄來竄去！

第二章
消失的白鼠

沬沬和子研**目瞪口呆**地望着眼前混亂的景象。

「這是怎麼一回事，米勒？」沬沬問道。

「昨天在訓練所子研不是給臭鼬餵錯食物，讓臭鼬放出臭氣嗎？當時我們忙着驅散臭味，沒留意訓練所的動物逃跑了出來。」

「啊！不是只有小球*逃出來了嗎？」子研驚恐地問，看來這回她真的**闖下大禍**了。

「你不知道，有幾隻白鼠也跟着小球一起從住房內逃出來了！」米勒苦着臉説。

「幾隻白鼠？我看這裏沒有五十，也有四十隻吧？」沬沬看着眼前的亂象，質疑道。

*小球：一隻住在修行助使訓練所的犰狳，想知道牠與子研等人經歷了什麼，請看《魔女沬沬的另類修行3：謎之古生物》。

這時沫沫懷裏的羅賓忍不住探出頭來，**嘖嘖稱奇**地說：「我看不只五十隻哦！」

沫沫趕緊將羅賓壓進懷裏，道：「羅賓，修行助使可是禁止在教學大樓說話的唷！」

魔法學校規定修行助使能進教學大樓，但不允許說話，羅賓縮了縮肩膀，馬上噤聲。

「應該是牠們逃出來後找到了同伴，一起來這裏找吃的。」米勒說。

「牠們怎麼找吃找到水二班課室來了呢？」羅賓忍不住又問道，沫沫比了個住嘴的手勢，羅賓馬上用雙翅遮住喙。

「你不知道，今天咕嚕咚老師要班長到備課室拿了一袋**葵花籽**到班上，準備讓我們練習開花力，而白鼠最愛吃葵花籽。所以，事情就變成這樣了。」

「原來白鼠喜歡吃葵花籽。」沫沫若有所思地點點頭。

「你不知道，那只限於沒有餵食魔藥水的

白鼠。餵食過魔藥水後，白鼠的喜好就會改變了！」米勒說。

「動物尋找食物的本領可不能小覷。」沫沫沉吟地撫着下巴。

「現在說這些有什麼用？」子研懼怕得整張臉都扭曲了，「事情因我而起，你們說，惡神這回會怎麼處罰我？」

子研臉色慘白，不敢想像惡神看到這混亂情景會怎麼大發雷霆！

沫沫看到仕哲拿了個籠子，狼狽地將白鼠抓進籠子內，但才抓進幾隻，又有幾隻從籠裏竄出來，這樣下去，真的沒完沒了。

「現在到底要怎麼辦啊？」子研着急地看了看手錶，「再過五分鐘就上課了！」

其他二年級的同學被迫站在走廊等着，大夥兒怨聲四起。

「還不快把這些小東西抓掉？」

「到底從哪兒跑來這麼多白鼠啊？」

「白鼠不會跑進我們的課室吧？」

沫沫知道不快點解決不行，於是她大膽地走過去，對仕哲說：「快叫課室裏的同學出去。」

原本在慌亂抓着白鼠的仕哲放下手中的白鼠，催促還在班上的同學出來。

同學們走出課室後，沫沫將葵花籽拿到手中，走入課室，一時間，白鼠都跟着跑進去，圍繞着沫沫轉來轉去，沫沫趕緊示意仕哲關門。

同學們對沫沫的行為議論紛紛，不知道沫沫**葫蘆裏賣什麼藥**。

「沫沫到底要做什麼？」米勒問仕哲。

仕哲推測：「我想沫沫是要引開白鼠。但如果引白鼠去教學大樓外，肯定會讓老師發現。」

「所以她就引牠們進課室？」米勒疑惑地說。

子研馬上**駁斥**道：「她把自己和白鼠關在課室有什麼用？又不能讓白鼠消失不見。」

「的確沒用。」仕哲皺了下眉頭，接着說：

「不過，我相信沬沬應該有辦法。」

「有什麼辦法？待會兒惡神發現課室裏都是白鼠⋯⋯噢，我真不敢想像！」子研懊惱極了。

一旁的志沁**幸災樂禍**地說：「那不正好？讓惡神懲罰一直跟你作對的沬沬。」

「誰說沬沬一直跟我作對？」子研睜大眼問道。

志沁有點不知所措，吶吶地問：「子研你不是討厭走後門進來的魔女嗎？」

「誰說我討厭她？」

志沁嚥了下口水，**揣摩**着子研的想法，道：「原來你沒有討厭她啊，那是不是不用跟她比試了？」

「不討厭她跟和她比試是兩回事。」子研着急地伏在門口傾聽裏面的動靜，「她到底要怎麼對付那些白鼠？」

此刻的沬沬，正與**亂騰騰**的白鼠在課室內。她從懷裏取出一樣東西，呵口氣看着腳邊亂竄的

白鼠，道：「幸好有這個，要不然可逃不了被懲罰的命運。」

只見沫沫**眼神驟變**，她專注心神，凝視白鼠。突然，她感受到一股視線，忙轉頭環顧四周！

課室內**空蕩蕩**的，剛才仕哲已經請所有同學出去了。沫沫皺一下眉，仔細搜尋課室角落，沒有發現異樣。

「沫沫，怎麼了？」羅賓探出頭來，悄悄問道。

「沒什麼。」

雖然感到疑惑，但此刻沫沫沒有時間細想，眼下的麻煩東西必須先解決掉！

教學樓響起清澈的鈴聲。

「上課了！」

同學們一窩蜂跑向各自的課室，唯獨水二班的同學還在課室外**駐足觀望**，討論着沫沫到底要做什麼，他們什麼時候才能進去。

突然，一道嚴厲的聲音從他們身後響起：
「為什麼堵在走廊上？」

大夥兒毛孔都豎起了。

他們不用回頭都知道是惡神，慌忙讓出一條路來。

「門為什麼關起來？」惡神望着大家，沒有一個同學敢作聲。

「還不打開？」惡神沉下臉說，「是不是想去外面拔草？」

仕哲趕緊為老師開門。

惡神蹭着發亮的黑色皮鞋，噔噔噔地走進課室。

「完了，完了。沫沫這次完蛋了！」米勒不忍目睹地低下頭。

惡神進到去，發現有位女同學背對着他，雙目瞇成一條線。

沫沫這時回過身，對惡神行禮：「萬老師，早！」

惡神質問沫沫：「是你把課室的門關上？」

「噢，是的。」沫沫鎮定地回答。

惡神仔細地打量沫沫，見她手中拿着掃把，他**皺了皺眉**，說：「掃地不需要關上門。」

「以後不會了。」沫沫愣一下，快快回道。

惡神冷冷地吩咐沫沫：「還不快坐好？」

「是！」沫沫放好掃把，走到自己的位子坐下。

惡神望向門口的同學，厲聲道：「你們是不想上課嗎？」

同學們趕緊**魚貫地**走入課室。

大夥兒左右探查，搜尋剛才還在亂竄亂跳的白鼠，但竟然不見牠們的蹤影。

「奇怪，沫沫到底用了什麼法寶？」子研困惑地嘀咕道。

「看什麼？你們是第一次上課嗎？」惡神把厚厚的魔法力規則課本放到桌上，說：「誰最後拿出課本，我就請他背誦魔法力規則第二章！」

同學們慌忙拿出魔法力規則課本。

「我們在魔法力規則第一章已經提過，魔法力的學習要素有五點，還記得是哪五點嗎？」惡神說着，望向同學。

子研心虛地低下頭。

「請——」惡神掃視一遍課室，當望向子研時她嚇得閉起眼睛，幸好惡神叫了另一個名字，「昆特同學來說給我們聽。」

昆特坐在最後一排，他個子頗高，屬於松族。他站起來**清了清喉嚨**，唸道：「魔法力學習要素第一點，是修習專注力，第二，是……」

子研呵口氣，心想：「上一節教過的課誰還記得啊？呼！我們又不是天才，過目不忘。」

正說着，就聽到惡神叫她：「請齊子研同學來說明第一點。」

「啊？什麼？」子研慌張地站起來，推開椅子時發出刺耳的聲響。

「請說明第一點，如何修習專注力。相信去

年魔法力一階測試成績最好的你，一定知道如何修習好專注力。」惡神輕描淡寫地說，嘴角露出頗有深意的笑容。

子研覺得惡神老是喜歡刁難她，上一節課才懲罰過她去清洗訓練所，這節課又叫她起來回答。

「呃，我……」子研心裏着急得很，雖然她學習魔法力又快又好，但她可不知道自己為什麼會學得好。她很想說「我對學習魔法力有天賦，不需要修習專注力也能很快學會各種魔法力」，但她當然不敢這樣回答。

「是……修習專注力最主要的是……要先練習……不分心。」她好不容易才擠出這個說法。

「怎麼做到不分心？」惡神緊盯着她問。

「就是……」子研焦急地朝沫沫看去，卻見到沫沫低着頭不看她。

「這個沫沫，不是說要她負責了嗎？竟然不理我……」子研懊惱地低下頭，這時，她發現魔

法力規則課本上竟然**浮現**一些字！

那些字一筆一畫地寫在她攤開來的頁面的空白處，就像有個隱形人正在她的課本上書寫一樣！

「這是……」子研來不及細想，照着那浮現的文字唸道：「練習不分心的方法有幾方面，首先，必須先找到有哪些讓自己分心的事，當意識到這些事會讓我們分心，就能及時將自己散漫的態度修正。接下來，可以練習做一些需要長時間專注的事物，比如練習穿針，打磨一塊石頭，在紙上畫圈圈等等。最後，我們可以透過**冥想**來增強專注力，從幾分鐘冥想逐漸加長時間，冥想時什麼都不想，只意識到自己在冥想就好。」

子研說完，坐了下來。

「嗯……」惡神**若有所思**，然後說：「不錯，這就是我們這一節課要教導大家的基本練習方法。現在，拿出作業本，把令到你們分心的事寫下來，等一下我會抽查，並測試你們抵擋這些

事的能耐。」

　　同學們趕緊拿出簿子，大家都認真地寫了起來。

　　子研看着課本上的字，不禁望向沫沫。沫沫還在低着頭寫作業。

　　「剛才應該是沫沫用複製紙把練習專注力的方法寫在我的課本上。之前在魔法用品商店看過這種紙，說是只要在複製紙上寫東西，就可以任意複製到我們想要顯現的地方。可惜當時我以為沒什麼用處，選了其他東西。」子研心裏想，視線轉了轉，不小心看到惡神在瞪她，趕緊低下頭寫作業。

　　同學們都寫好後，惡神叫了幾位同學出來。比如其中一位很容易被食物**誘惑分心**的費族派西克，惡神讓他讀出課本內容的同時，在一旁使用了幻想力。

　　惡神唸道：「歡打戲牙，炸雞香味！」

　　一瞬間，課室瀰漫了香氣，大夥兒都聞到香

噴噴的炸雞味，派西克果然忍不住分心，嚥了幾次口水，還讀錯了許多字。

另一位被叫到的，則是坐在沫沫旁邊的高敏，她對可愛的東西最沒抵抗力了，只要看到可愛的物件，她的視線就會被吸引過去。惡神將她手邊的筆袋幻化成最近人類世界很流行的晴天娃娃，她抵擋不了娃娃的誘惑而分了心，一邊讀一邊發出肉麻的娃娃音。同學們都不禁**掩嘴偷笑**。

最後惡神叫了米勒，米勒是動物控，最怕動物受到傷害。惡神隨意使用了幻想力，讓米勒看到一隻貓咪朝他**楚楚可憐**地嗷叫，他就自然而然地分心了，嘟嘟嚷嚷地斷續唸着課文。

「從剛才的測試，你們應該發現自己多麼容易分心，無法專注了吧？接下來，我要你們長時間專注在一件事上，你們可以選擇背誦一首詩歌，或把所有打亂的數字順序排起來……」

同學們忙着訓練專注力，課堂上雖然**鬧哄**

哄，卻都是認真背誦詞語或順序唸出數字的身影。

惡神難得露出了笑臉，但很快又恢復一貫的臭臉。雖然只是一瞬間，卻讓沫沫捕捉到惡神微妙的表情變化。

沫沫不禁想：「在那令人畏懼的臉孔下，難道是顆熱愛教育的心？」

但她馬上看到惡神拿着厚厚的課本拍打某位同學的頭，語氣嚴厲地說：「誰讓你亂畫東西？」

沫沫感到頭皮發麻，這時惡神轉過頭兇惡地瞪着她，沫沫趕緊低頭認真練習，想着：「這是不可能的事。那麼兇殘的惡神怎麼可能熱愛學生？」

這堂課就在大夥兒熱衷的學習中過去了。轉堂時，子研走向沫沫，看到沫沫還在專心地對着筆袋嘟噥，第一次露出友善的面容對她說：「你的專注力一向都這麼好嗎？」

沫沫抬頭看她一眼，轉向筆袋。

「剛才謝謝你啦！用複製紙寫答案給我，的確救了我一命。」子研呵口氣，誇張地說。

「不客氣。」沫沫回了一句又低頭細語。

「你在做什麼？」子研好奇地趨前，卻差點兒叫出聲來，趕緊捂着嘴巴。

「你，你⋯⋯」

「噓！不能讓其他魔侍發現。」

子研冷靜下來，靠過去凝視筆袋，原來筆袋內有個玻璃罐，罐子裏竟然有一堆迷你白鼠！

第三章
美妙的開花力

　　沫沫口裏唸唸有詞，原來是在悄悄施行催眠力：「系諾絲，眠！系諾絲，眠！系諾絲⋯⋯」

　　被施行催眠力的迷你白鼠，對上沫沫的眼睛，立刻倒下昏睡過去。

　　子研張大了嘴，**不可置信**地壓低聲量說：「你是怎麼把牠們變得這麼小的啊？」

　　沫沫見迷你白鼠差不多都睡着，對子研說：「剛才情況緊急，我想到身邊有一條從家裏帶來的魔法縮小緞帶，於是就支開大家，偷偷在課室內使用。」

　　「所以，你把小白鼠都變小了？」

　　「嗯。」

　　「那要怎麼把牠們變回來？」

　　「縮小緞帶有時效，再過幾個小時就會**恢復**

原狀。所以我必須趁午休時間，及時將牠們帶去樹林。」

子研嘖嘖稱奇地看着玻璃罐子內熟睡的迷你白鼠，說道：「想不到這些可怕的東西變小了，居然這麼可愛！」

「可不能讓老師發現，剛才我多怕惡神聽到牠們的聲音呢！但又不能把蓋子密封。」

「嗯，密封着可會把牠們悶死在裏頭。」子研同意地點點頭，「也不能讓高敏發現，她這個『可愛控』看到那麼可愛的迷你白鼠肯定會**洩露**出去啊！」

子研防備地瞄一眼坐在旁邊的高敏，她正在筆記上專心地畫着晴天娃娃的塗鴉。

沫沫向最後一隻迷你白鼠施行催眠力：「系諾絲，眠！」

那隻迷你白鼠轉來轉去地看着伙伴們，沒對上沫沫的視線，於是沫沫低下頭對着牠再唸一次：「系諾絲，眠！」

終於，可愛的小東西全部 *呼嚕呼嚕* 睡着了，這樣就暫時不怕被其他魔侍聽見牠們的聲音。

「同學們，早！準備好學習好玩的魔法力了嗎？」

說這話的，正是教導魔法力理論課的咕嚕咚。他 **樂呵呵** 地擺動着龐大的身軀走進課室，看起來就像個淘氣的小孩準備玩耍一樣。

沫沫將葵花籽交到咕嚕咚手上。

這堂課在歡快認真的氣氛中度過，大夥兒對葵花籽怎麼變成花兒充滿了興趣，特別專心聽課。

當咕嚕咚對着一顆葵花籽唸出：「阿殼麻鑽，開花！」

葵花籽的殼慢慢爆裂開來，接着，種子內居然冒出芽來，迅速地成長。從一顆小嫩芽，再伸長枝莖，越來越長，最後小小的花苞變大變圓，開出美麗的太陽花！花兒突破花苞的時候，大夥

兒似乎還能聽見**清脆美妙**「啵」的一聲。

　　同學們欣賞着眼前神奇的超自然現象，人人目瞪口呆，驚歎不已。過了幾秒，才曉得拍手叫好！

　　咕嚕咚樂得被大家**仰慕**，向同學們彎腰拜謝：「謝謝各位捧場，哈哈！」

　　下課前半小時，咕嚕咚派給每位同學一顆葵花籽，讓同學練習開花力。

　　一向學習較慢的米勒讓葵花籽冒出了新芽，他幾乎不能相信自己第一次使用開花力就有如此成果。

　　「難道是剛才練習專注力的**緣故**？」

　　米勒跑到沫沫的位子，讓她看自己催生的小芽。

　　「沫沫，我第一次覺得自己的魔法學習能力不錯啊！」

　　沫沫呵口氣，道：「米勒，你知道自己最大的問題在哪裏嗎？你對自己太沒有自信了。」

米勒好像沒有聽進沫沫的話，自顧自地說：「一定是剛才認真練習專注力的成果。想不到惡神的課這麼有用呢！」

沫沫沒有再說什麼，看到米勒熱衷學習魔法，她也特別開心。

仕哲和子研這時也圍過來，展示着各自的開花力成果。他們的葵花籽冒出不同長度的新芽，不過仕哲的高一些。

沫沫的葵花籽似乎沒有動靜，因為她一直分心催眠迷你白鼠。志沁特意走來取笑沫沫走後

門，魔法力太差，結果被子研訓了一頓，他**灰頭土臉**地走回位子。

「子研為什麼突然跟她那麼好？」志沁憤憤不平地獨個兒在位子上練習開花力，「哼！子研才不屑跟你這個走後門的交朋友！」

他一邊唸咒語一邊分心地看着子研跟沫沫她們，最後他的葵花籽非但沒發芽，還不曉得掉到哪兒去了。

咕嚕咚說過，就算施行開花力不成功，葵花籽也不能弄丟，否則作業分「零蛋」，嚇得志沁趕緊趴在地上進行「地毯式搜索」，直到下課時間才終於找到一顆被踩得扁扁的葵花籽。

另一邊，仕哲、子研和米勒圍繞着坐在角落的沫沫，原來是在偷偷觀賞**睡得正香**的迷你白鼠啊！

看着呼嚕呼嚕熟睡的迷你白鼠，毛髮軟萌潔白，小小的身體隨着呼吸一下高一下低的起伏着，還有那迷你的耳朵、鼻子、嘴巴、粉紅的小

腳……應該沒有幾個魔侍可以抵擋得了牠們可愛的模樣啊！

「可不可以養牠們？」米勒提出他的**奇思異想**，想不到子研和仕哲竟然不反對，子研還舉手附和。

「如果是迷你白鼠，我也願意養。」子研說。

「至少可以將牠們收養在訓練所？」仕哲說。

「你們也知道這是不可能的吧？」沫沫說，「再過不久牠們就會恢復原來的體型。」

大夥兒露出**驚恐**的表情，仕哲趕緊說：「那一下課就趕快把牠們帶去樹林。」

「嗯。」

才說着，下課鈴聲響了。咕嚕咚一走出課室，沫沫馬上拿起筆袋走出去，其他三位尾隨其後。

42

沫沫他們走出教學大樓後，有個魔侍在角落顯現了身影，他整理一下衣襬，戴好斗篷的頭套。這時，迎面走來一位老師，他不慌不忙地跟老師打了個招呼，從容走出教學大樓。

第四章
稀有的地圖

校長室內，科靜正盯着眼前一張潔白的牛皮紙地圖。

那是她收藏廳內的其中一件**稀有寶物**，據說是古長者從人類遠古部落的巫師中奪取而來。科靜因一次護駕古長者有功，而被古長者賜予這張地圖。

古長者是魔侍世界魔法力最**深藏不露**的長者，年歲無法推算，有魔侍說古長者活到今日已超過五個魔侍輪（一個魔侍輪是二百年，五個魔侍輪即人類世界的十個世紀，以此推算，古長者已活了超過一千歲），又有魔侍說古長者沒有任何魔法力，他擁有的是一種不會老死的能力。

科靜對古長者也不熟悉，當年身為麒麟閣士長的她正好遇到魔侍世界的某個危機，古長者委

派她做身旁的護駕，她才有機會近距離接觸古長者，不過也就只是很短的時間。危機解除過後，科靜就回到麒麟閣繼續管理麒麟閣士。

　　當時古長者詢問科靜想要什麼賞賜，科靜在古長者存放神秘寶物的隱秘庫房內，選擇了這張 **毫不起眼**，靜靜躺在角落的牛皮紙。

　　古長者似乎有些不捨，但最後還是把這張牛皮紙交給科靜，並教導她使用這種牛皮紙的咒語。

科靜看着眼前平凡的牛皮紙，將手掌平放在上面，然後專注地默唸專屬這張牛皮紙的咒語，唸完後，把手慢慢移開。這時神奇的事發生了！只見牛皮紙漸漸浮現圖樣，圖樣更隆起於紙張上，一棟棟的建築物從平面上聳立起來！那是尼克斯魔法修行學校的立體透視地圖。

緊接着，潔白的牛皮紙上竟然鑽出一隻小蟲！小蟲的形狀像米一樣，但比一般米粒更小些，腹部下有一排小足，屬於魔侍世界特有的迷蹤蟲。

迷蹤蟲伸出一隻小觸角左右探查，開始在立體透視地圖上匍匐爬行。

牠爬行的地點正是魔法教學樓。科靜看着迷蹤蟲走到三樓，再走進水二班課室，最後走出教學大樓，迅速爬行到行政大樓，走向校長室。

科靜眯起了眼，推了推金色眼鏡框，嘴裏唸了句：「躲羅沒溺，隱沒！」

地圖上的一切瞬間消失，迷蹤蟲也立即溶入

於紙張內。一眨眼，科靜眼前的立體透視地圖變回一張潔白的牛皮紙，上面什麼痕跡都沒有。

一位魔侍推門進來。

「怎麼樣？我說得沒錯吧？」科靜將地圖收進櫃子內，轉頭對他說。

那魔侍掀下斗篷的頭套，呵口氣坐了下來。

他正是麒麟閣士葛司。由於前陣子有古生物從古地窖中離奇地「逃」出來，麒麟閣士葛司、南德及前麒麟閣士長科靜三人決定組織一個小組，特別調查和應對這一類事件。

科靜校長提議由麒麟閣以外的魔侍來擔當這個**特殊調查任務**的組長。

這位魔侍，正是沫沫。而沫沫的幾位伙伴，則擔任沫沫的組員。

葛司和南德對此抱有懷疑，尤其葛司。他認為沫沫還只是尼克斯魔法學校二年級生，不適宜參與這樣冒險的任務，也怕沫沫不小心**洩露**調查任務，讓隱藏在暗處的敵人有了防備。

於是科靜讓葛司自己去調查沬沬，親眼驗證她是否能夠勝任這個調查任務的組長。

　　葛司使用隱形力隱藏於教學樓內（一般魔侍的隱形力無法持續太久，但擔任麒麟閣士多年的葛司，隱形力比一般魔侍強），看到沬沬使用了縮小緞帶將白鼠變成迷你白鼠，解決了同學的危機，並安全讓白鼠恢復原狀，回到屬於牠們的地方。

　　「我只看到一位時常**逾越規矩**使用魔法力和魔法緞帶的小魔女。」葛司撇撇嘴，不太願意承認沬沬的應對能力。

　　「具有應對和解決事情的能力，並能很好地隱藏自己，不讓其他魔侍發現，不正適合執行我們這個任務嗎？」

　　「她太不守規矩，我怕她**打草驚蛇**。」葛司還是不願意承認沬沬的能力。

　　「那你認為誰比較適合擔任這職務？」科靜問道。

葛司沉吟一陣，說：「我知道有一位隱形力特別厲害的魔侍。」

科靜的眉頭挑了一挑，道：「你是指——森平？」

葛司點點頭，道：「以我對他的認識，他絕對可以勝任，而且值得信賴。」

科靜呵口氣，葛司所說的人，正是沫沫的親生父親森平。他擅長於隱形力，可以長時間隱身，因此擁有「神隱王」的稱號。

「但你也知道，森平已經很久沒有出現在大家面前。」科靜說。

「呵！森平這次也隱形得太久了，不知道在執行什麼隱秘的任務。」葛司歎了口氣，「如果是他，一定可以很好地執行這次的任務，又不會被其他魔侍發現。」

「你不是說，這次古生物逃脫的事，很可能跟麒麟閣士內部的魔侍有關，不適合找麒麟閣士擔任嗎？」科靜詢問道。

「我也只是懷疑。現在我們**草木皆兵**，任何魔侍都有可能與這件事有關。」葛司説着，皺了皺眉頭。

「可以肯定的是，沫沫跟這件事沒有關係。可以進出古地窖的魔侍，必定對魔侍世界很熟悉，同時具有強大的魔法力。」

科靜眼神**別有深意**地眨了一眨，道：「我們必須找個不會讓其他魔侍起疑心，或有任何戒備的魔侍。」

葛司又歎口氣，説：「閣士長還是堅持找這個小魔女來協助我們？」

科靜笑了笑，道：「都説了別叫我閣士長。既然你對沫沫的能力有疑慮，我覺得我們可以給她一次測試。」

「什麼測試？」葛司**抬高了眉**問。

科靜拿出沫沫交給她的變形緞帶，緩緩地説：「這個緞帶其實真的很好用……」

第五章

從天而降的黑球

　　周末，沫沫一大早就約了米勒在「魔法味蕾」見面。

　　他們點了最簡便的泥魚鬆雞蛋三明治，加一杯熱牛奶，找了個位子坐下來吃。泥魚是魔侍世界最常見的魚種，喜歡居住在泥沼中。由於隨處可見，價格也相對便宜許多。

　　才一坐下，米勒就**滔滔不絕**地對沫沫說：「你不知道，我花了多少唇舌才讓哈里斯太太答應讓沫沫你去打工！」

　　「我也覺得意外，哈里斯太太一直只讓你去訓練所打工，讓你負責餵食，別的魔侍都是被懲罰去打掃生物的住所而已。」

　　「對啊！她很不信任其他魔侍。要不是我跟她說你如何讓白鼠變小，不讓學校認為白鼠是麻

煩的生物，挑剔的哈里斯太太可沒那麼容易答應呢！」

「謝謝你，米勒，這一餐我請你。」沫沫**衷心**地說。

「那又不用。你不知道，我打工一天可以拿到五分銀幣，現在……」米勒數算了下，說：「已經存到三十五分銀幣了！距離我買修行助使的日子應該不會很久！」

米勒顯得很開心，他從小就夢想能擁有屬於自己的修行助使呢！

「購買一個修行助使需要多少錢？」沫沫問。

「有各種價格，比如五十元銀幣、一百元銀幣、二百元銀幣都有，聽說還有超過一千元銀幣的修行助使。」米勒說。

「那麼貴？」沫沫不禁傻眼，她轉過頭問羅賓：「羅賓你是農叔用多少銀幣買的呢？」

「啊？我？」羅賓對沫沫**突如其來**的問

題感到驚慌，吞吞吐吐地説：「好像……二百元？」

沫沫微微皺一下眉，回道：「你不記得自己價值多少銀幣？」

「呃，當然，那麼久的事了。而且，多少價格並不是由修行助使決定，而是訓練所的所長決定。」羅賓顯得有點狼狽。

沫沫看了看羅賓，覺得羅賓不想説的話也沒有必要追問下去。

「對了，沫沫，你怎麼突然那麼想去訓練所打工呢？」米勒問。

沫沫喝了口牛奶，回道：「再過一個月剛好是農叔的生日，我打算申請周末回去一趟濕地家園，買個禮物送給他。」

沫沫從小在濕地家園長大，由於幾乎足不出戶，她從來沒買過生日禮物給農叔。如果到訓練所打工，沫沫就能存到買禮物的費用了。

「是啊，沫沫你好久沒好好和農叔通話，是

應該回去見見他。」羅賓點點頭道。

「你們父女感情真好。」米勒吃完最後一口三明治，說道。

「大家不都是這樣的嗎？」其實沫沫心裏在想，我連親生父親長什麼樣都沒見過呢！

「當然不。我們家因為兄弟姊妹太多，父母又忙着工作，根本沒時間理我們這些孩子。也因為這樣，我才沒有自己的修行助使啊！」

沫沫突然覺得自己很幸福，有些魔侍即使有父母，也不一定能得到父母的關愛。

「哇，不早了！遲到的話，哈里斯太太不知會不會反悔不讓你去打工啊！」米勒大口喝完牛奶，「走吧！」

於是，沫沫和米勒趕緊走出「魔法味蕾」，施行速度力衝向修行助使訓練所。

他們抵達時，哈里斯太太正在訓練所門口徘徊。

「哈里斯太太不會是在等我們吧？」沫沫有

些擔憂地減低速度停下。

「不會吧？她可從來沒有等過我。」

這時哈里斯太太瞄了他們一眼，突然露出期待的表情，欣喜地說：「終於到了！」

沫沫看了下米勒，低聲問道：「她……在歡迎我的到來？」

米勒也是**滿臉驚訝**。

沫沫抿了抿嘴，心裏七上八下的，正想開口問哈里斯太太她負責做什麼，身後卻傳來細微的嗡嗡聲，就像昆蟲迅速拍動翅膀發出的聲響。

沫沫和米勒往後看去，頓時嚇得目瞪口呆。

只見天空中浮現密密麻麻的小黑點，正向着他們飛過來，有種空戰時幾百架戰鬥機開過來準備開戰的**宏大氣勢**！

「這……」沫沫望着眼前壯觀的景致，話都問不出來了。

「還愣在那裏做什麼？準備工作啦！」哈里斯太太瞪眼吩咐道。

「要做什麼？」沫沫問。

「當然是收包裹啦！你不會以為這些空中的小圓球是炸彈吧？」哈里斯太太皺着眉説。

沫沫恍然大悟，原來那些小黑點，都是**伸縮包裹球**啊！

第六章

盤天工場

　　魔侍世界運送包裹的工具，是一種名為「伸縮包裹球」的魔法用品。

　　這種伸縮包裹球可以將大件的東西壓縮變小，包覆在一個球體內，運送到目的地後，裏面的東西會自動恢復成原來的大小。

　　沫沫之前運送行李到尼克斯魔法修行學校，也用了一次伸縮包裹球服務。伸縮包裹球有識別各個地區的魔法力，只要告知送達的目的地，它們就能準確地送到。

　　米勒和沫沫趕緊拉開食物庫的大門，迎接這些伸縮包裹球的到來。

　　他們仰高頭，望着幾百個伸縮包裹球飛過來，逐漸靠近訓練所上空，沫沫還是第一次看到那麼多的包裹球。

包裹球抵達食物庫門口，一個個緩緩地「**着陸**」。

這時哈里斯太太走過來説：「每個月都有一天是伸縮包裹球送來食物的日子。沫沫你的工作，就是負責整理這些食物。」

「哈里斯太太，那我呢？」米勒**忐忑**地問。

「這次訂購的食物很多，米勒你今天也留在這裏幫忙整理。餵食工作我讓小綠做了。」

「小球前兩天沒什麼胃口，記得要餵牠喝一些槐葉汁。」米勒不放心地説。

「小綠當我的修行助使的時候你還沒出世呢！牠曉得怎麼照顧小球。」

哈里斯太太轉向沫沫：「這是今天的食物訂購資料，記得不要弄錯！」

她交給沫沫一本記錄簿，上面寫着每種食物訂購的數量及存放的櫃子編號。沫沫的工作，是負責點算清楚抵達的食物包裹，並將這些食物準確無誤地存放到食物庫的櫃子內。

才吩咐好，又一堆「伸縮包裹球」抵達了。它們緩緩地**從天而降**，才一會兒工夫，食物庫門口已擠滿了包裹。

雖然沫沫不是第一次看到伸縮包裹球，但看着一個個包裹在眼前膨脹變大，還是很令人震撼。

哈里斯太太把事情交代清楚，嘀咕着各樣需要做的事後，走回訓練所去了。

「沫沫，這麼多食物，食物庫放得下嗎？」米勒看着**堆積如山**的包裹，問道。

「可以的吧？訓練所那麼多生物，食物庫一定也很大。」沫沫說着，趕緊點算包裹。

這時羅賓開始幫忙沫沫查看包裹名稱。

「沫沫，這個包裹寫着『碎碎果實』。」

「碎碎果實，我看看……」

沫沫翻閱記錄簿，找到碎碎果實那行，檢查了訂購數量，說：「碎碎果實，五個比隆。」比隆（bilon）相當於人類世界的公斤，五個比隆即五

公斤。

沫沫看到碎碎果實的包裝袋子上寫着「5 bilon」，就在記錄簿打了個勾。她再查看收藏碎碎果實的櫃子號碼，對米勒說：「B202號櫃。」

米勒用三輪運貨推車推着碎碎果實到B202號櫃子，按一下櫃子上方的按鈕，櫃子自動打開，然後米勒就把碎碎果實推進去存放。存好後再按一下按鈕，櫃子就闔上了。

沫沫翻看下一個包裹，羅賓趕忙飛到包裹上方，唸道：「青殼菇。」

「青殼菇……兩個比隆……D307號櫃。」沫沫專注地檢視包裹，忙碌地工作着。

沫沫在羅賓的幫忙下點算包裹，她覺得這樣的工作很**新鮮**，可以認識到很多從來不知道的食物，還能在包裝袋子上查看什麼生物食用這些食物。比如碎碎果實是奇異鳥的主食，青殼菇是貝殼蟲的食物，海底菌絲是非洲臭鼬最愛的食物……

時間就這麼一點一滴過去，轉眼間太陽滑去正中央，已是午飯時間。

　　「哇，想不到點算這些包裹還真花時間！」沫沫看着如山的包裹還有一半沒點算，呵口氣道。

　　「沫沫，我肚子餓了呢！」米勒拍拍手，把推車放在一旁。

　　「那我們就暫時休息，先吃午飯吧！」

　　羅賓期待地問：「聽說這裏有午飯提供，對不對？」

　　「當然有啊！不過，不知道合不合你胃口。」米勒解釋道：「訓練所提供的便當都很簡單，哈里斯太太只對她的『小寶貝』的食物**大方**而已。」

　　「有得填飽肚子就好，我現在餓扁了！」羅賓似乎真的餓扁了，**有氣無力**地揮動着翅膀。

　　「等我一下，我立刻去拿午飯過來。」米勒小跑着走向訓練所。

趁着少許空檔，沫沫收起記錄簿，把凌亂的包裹推去一旁，空出一個小空間讓他們坐下來休息。這些包裹大小不一，有的很大，有的只有一丁點體積。

　　「這些食物還真是琳琅滿目，各種各樣。幸好羅賓你吃的跟我一樣。」沫沫説。

　　「哪裏一樣？我吃的分量比你多很多！沫沫啊，你再不多吃點，到時回去濕地家園我可會被你農叔唸的啊！你農叔每天做那麼營養豐富的食物給你，好不容易才把你養胖了一點……」

　　「食物來了，羅賓。」米勒臉紅紅地跑來，遞給羅賓一個雲朵菇三明治，羅賓馬上住嘴，迫不及待地接過三明治。

　　沫沫不禁呼口氣，心想：「幸好米勒及時回來，要不然又得聽羅賓碎碎唸……」

　　羅賓打開三明治，嫌棄地叫道：「什麼？裏面只有雲朵菇？」

　　「不只啊，還有番茄醬不是嗎？」沫沫對食

物要求不多，馬上一口咬下，咀嚼起來。

「有雲朵菇已經不錯了！你不知道，我試過飯糰裏只有一些黑芝麻，配上醃製的碎梅子粒。」米勒說着，也大口吃了起來。

「什麼？『哈老太婆』竟然吝嗇到這樣？」羅賓學着咕嚕咚的叫法，說：「看來這個哈老太婆不只骯髒邋遢，愛疑神疑鬼，還喜歡斤斤計較，有虐待員工的嫌疑。」

「哈哈，沒有這麼誇張啦！聽說哈里斯太太年輕時曾因為信錯了一位魔侍，讓動物們受到傷害。她的疑神疑鬼，其實都是為了她的小寶貝們着想。」

米勒頓了頓，不好意思地說：「其實我很佩服哈里斯太太，我希望自己以後能像她那樣，保護好訓練所的動物們，哦不，我要成為魔物師，讓更多的動物成功受訓成為修行助使，那動物們就不容易受到傷害了！」

沫沫對米勒不禁另眼相看，道：「你肯定能

64

成為魔物師！」

米勒臉紅了起來，道：「我專注力不夠，不知道有沒有這個可能……對了，沫沫，你答應要教我定身力，到現在還沒教呢！你一定要教教我，今年的魔物師大賽，我真的很想參加！」

沫沫覺得對不起米勒，明明答應了米勒卻因為開學後每天都很忙碌而**耽擱**了，她一口吞下三明治，說道：「好，以後每天上課前，先做一些專注力練習。要學會定身力，必須先有足夠的專注力。」

「不如現在就給我練習吧？」米勒**忽發奇想**地說。

「也可以。不過……做什麼訓練呢？」沫沫看看四周圍都是食物包裹，挑了挑眉道：「那你就——順序唸出這裏的食物名稱。」

「好啊！沒問題！」

說着米勒開始由最左側的包裹袋子往右一個個唸出食物名稱：「紅心果、牛油果種子、荔

枝肉乾、樹皮肉絲菌、海底菌絲、寒天粒、古羊膜、魚液帶子、黃嚓黑米、矮金瓜子、第一次蟬蛻皮……泡蛇蛻……梅乾菇……」

米勒唸不了多久就開始斷斷續續地唸，他抓抓頭再堅持一會兒，還是沒辦法繼續唸下去，他懊惱地說：「不行，我一直會分心想這些食物給什麼動物吃，很難專心。」

「沒關係，一開始都是這樣的，誰都無法一下子學會什麼。」沫沫安慰着米勒的時候，視線卻沒有離開過食物袋子。

原來在米勒唸出食物名稱的時候，沫沫發現了一件事——所有的食物包裝上面都印着小小的標誌。那標誌很小，有點像圖案，但沫沫細心觀察後，發現那標誌原來是由「盤天」兩個字組成。

「盤天？」沫沫狐疑地唸出來，然後看向米勒，「米勒，你知道盤天是什麼嗎？」

「噢，是農牧工場的公司名字啊！上回你在

魔侍史阿比老師的課不是有做口頭報告嗎？我還以為沫沫你知道呢！」

「你這麼說，難道魔侍世界所有的農牧工場都屬於盤天這家公司？」

「應該說，從以前到現在，魔侍世界所有關於食物方面的研究和製造，都只由盤天公司負責。」

「難道沒有其他公司製造食物？」沫沫感到很驚訝，「那麼魔侍世界的食物不就是由一家公司**壟斷經營**和生產？」

米勒搖搖頭，說：「世界各地都有盤天的農牧工場，工場也有不同的分類，比如有畜牧場、魔法食品加工場，還有盤天食品研發機構，專門研究提供魔侍食用的新品食物。」

米勒繼續說：「我們每天吃的東西都是盤天提供的，所以啊，應該沒有魔侍不曉得盤天。沫沫你還真是稀有的魔侍。」

「我一直住在濕地家園，幾乎不出門。我還

是第一次看到盤天標誌。」沫沫回說。

　　她和養父嚴農住在濕地家園，**自給自足**，吃自己栽種的食物，所以沫沫從來沒接觸過外面的食物。即使到人類世界執行助人計劃，也沒有在那裏用過餐。

　　「羅賓，我們應該沒有吃過盤天的食物吧？」

　　羅賓被沫沫一問，好像整個**魂魄**都丟了似的抖了一下，然後才吞吐地說：「沒，沒有啊！我們當然沒吃過盤天的食物，連提都沒有提過。」

　　沫沫覺得羅賓的態度很奇怪，似乎反應過度。

　　「羅賓是不是有什麼隱瞞我？」沫沫心想着，不經意地問：「為什麼沒有提過？農叔不喜歡盤天的食物嗎？還是盤天的食物有問題？」

　　「農叔絕對不是不喜歡盤天的食物，盤天的食物也沒有問題，只是因為沫沫你母親在盤天……」

　　羅賓*兩眼一瞪*，發現自己說了不該說的

話，馬上噤聲。

「原來我的親生母親在盤天工作啊……」沫沫心想着，礙於米勒在旁邊，她沒有追問下去。

「沫沫你母親在盤天工作？」想不到米勒居然幫沫沫問出來了。

羅賓着急地否認道：「不，不，不！我是説，她母親以前在盤天工作，沫沫的母親在她出世後不久就**離世**了。」

「噢，對不起，我不應該問的。」米勒羞愧地低下頭。

「沒關係。我自小就沒有母親陪伴，已經習慣了。得開工啦！哈里斯太太過來檢查看到還有這麼多沒點算，免不了一頓責罵呢！」

於是他們趕緊繼續點算包裹。

等到他們點算完全部包裹，已經是傍晚七時許。

這一天，他們賺得了一元銀幣，相等於十分銀幣，比米勒平常的薪水多了一倍！

「哈里斯太太太太太好了！唷呼！想不到她那麼大方，給了我們一元銀幣啊！」米勒高興得跳起來，並親吻手上的銀幣，「距離我購買修行助使的日子又近一步了！」

沫沫看着手掌內的一元銀幣，上頭的星空圖樣好像在閃爍着星光，沫沫感到不可思議地說：「原來靠自己的努力賺錢是這種感覺！」

「今天就去吃頓豐富的晚餐吧，沫沫！」羅賓提議道。

「不行，這是我為了買禮物給農叔而賺得的銀幣，怎麼可以隨便花掉呢？」

米勒也說：「我可是為了買修行助使才來打工的，多攢一點就能早一天買到我心目中的修行助使！」

「也對，呵呵，那我們就去點今天份額內的餐點。我想想，今天省了午餐費，早餐吃了很便

宜的泥魚三明治，一個才一分五銀幣，牛奶也是一分五銀幣，那就是說，我們這餐可以吃七分銀幣的食物！」羅賓感到很**雀躍**，難得今天可以用完全部餐費份額呢！

「不，羅賓，我現在還不餓，想去校長室一趟。我答應科校長要提煉緞帶給他們呢！」

說着沫沫準備施行速度力，羅賓趕緊打岔道：「難道沫沫你今晚又準備吃白麵包而已嗎？」

「吃白麵包不錯啊，填飽肚子就好。」沫沫說着，擺起魔法手印，羅賓慌忙叮囑：「不能每天晚餐都吃這麼沒營養的食物……」

沫沫已施行速度力迅速跑開。

羅賓**悻悻然**地對米勒說：「走吧，我們去吃晚餐。」

第七章
關於母親的回憶

　　隱秘的煉藥房內，沫沫心不在焉地煉藥。她好幾次把提煉變形緞帶的主要成分，一種青藍色的粉末灑出陶鍋，浪費了珍貴的粉末。這些青藍色粉末是用某種稀有昆蟲的外殼磨成，一灑落煉藥台即化成**晶瑩剔透**的粉塵。

　　沫沫晃晃頭，讓自己集中精神。但不一會兒，她又將珍貴的粉紅顆粒狀材料掉落地上。

　　平常一煉藥就進入**忘我狀態**的沫沫今天真的很不尋常，因為她心裏頭一直記掛着羅賓提到母親在盤天工場工作的事啊！

　　「母親在盤天工場做什麼職位呢？是管理層還是研究員？她工作的地方距離這裏遠不遠？」

　　沫沫對母親充滿了好奇，從小沒有親生父母在身邊的她，雖然從來沒有詢問過養父嚴農，但

她心底還是很想知道關於他們的事。

沫沫想起前兩次見到母親的情景。

第一次看見母親是在毛姆小姐的魔法用品商店前，當時沫沫才七歲，母親邀請她一起進商店逛逛，不過當時沫沫**並不知曉**眼前的女子就是她的母親。

第二次是在沫沫九歲生日的時候。那天，嚴農難得帶沫沫去人類世界的遊樂園，他為沫沫戴上假髮和帽子，把她喬裝成小男孩。

母親好像跟嚴農約定好那樣，出現在遊樂園門口，不過她也變裝成頭髮鬈曲的微胖婦女，要不是那雙烏黑的眼睛和**慈愛**的笑容，沫沫差點兒認不出母親呢！

嚴農對她說：「好好跟母親相處，我傍晚才來接你。」

沫沫第一次在知曉母親身分下跟母親出遊，心情既興奮又忐忑，像在做着一個極不真實的美夢。

母親拉着沫沫的手走進遊樂場，陪伴沫沫坐了雲霄飛車、海盜船、碰碰車，還有玩鬼屋、飛鏢遊戲等等。

玩飛鏢遊戲時，由於她和母親每次射擊都中大獎，讓檔口的老闆們很不高興。

沫沫當時問母親：「為什麼他們不高興？這遊戲不是本來就要送娃娃給射中的人嗎？」

母親對困惑的沫沫說：「人類比較**直接**，他們通常只看到自己，看不到別人。」

沫沫還是不太理解人類的情緒。

「不過，有一些人類是只看別人不看自己的。我們曾經得到這樣的人類幫助。」

沫沫不曉得他們曾經得到人類什麼的幫助，但她發現母親的眼睛泛着**淚光**。

母親微微一笑，慈愛地對她說：「沫沫，你要記住，魔侍絕對不是可怕的族羣。你要向世人證明這一點，去幫助人，用你自己的方式去做。」

沫沫永遠記得母親對她說這番話時的感覺。當時的她好像被一股暖流包圍着全身，感到體內充盈了力量，**渾身發熱**。

從那一刻開始，沫沫就暗自決定，她一定要幫助人類，不管是不是會違反魔侍世界的規則。

「沫沫，門禁時間快到了！」

羅賓的提醒聲將沫沫從**緬懷**母親的回憶中拉回現實。沫沫趕緊收拾各種材料，放進魔藥收存櫃。

沫沫今天只提煉了一條變形緞帶。她無可奈何地走向煉藥房的牆壁，還未說出「鑰匙」，隱藏於牆內的雅米巴蟲鑰匙已顯現身影，衝向沫沫的手掌。沫沫按一下雅米巴蟲的觸手，牆壁瞬間開啟，待牆壁天衣無縫地闔上後，雅米巴蟲鑰匙才重新隱身於牆壁中。

沫沫走向校長室，把剛煉好的變形緞帶交給科校長。

最近因為科校長和兩位麒麟閣士時常到人類

世界視察，需要偽裝變形，所以沫沫答應科校長提煉幾條變形緞帶給他們。

沫沫又在十點門禁時間準時抵達魔女宿舍，舍監好夫人那鬆垮着眼袋、看起來剛睡醒的眼睛直直盯着沫沫。

沫沫被盯得整個**背脊發涼**，趕緊逃進房間。

第八章

預知夢？

隔天，人類學凌老師在課堂上公布了去人類世界視察的決定。

大夥兒興奮不已，還未下課就熱烈地討論起來。

「你說人類是不是也跟我們一樣，每天要做很多功課？」

「聽說人類很喜歡看手機，玩線上遊戲。」

「我還聽說他們不喜歡大自然，不喜歡踩在草地上。」

「人類是不是很喜歡打仗？不然為什麼有那麼多戰爭？」

「我覺得人類很脆弱，不會使用魔法力。」

「對，對！他們都要依賴機器來幫助他們行動，比如汽車、巴士、飛機等等。」

「不過我覺得他們的滾軸溜冰很好玩呢！我看過一條紀錄片，關於人類世界滾軸溜冰比賽，非常有趣！」

大夥兒七嘴八舌地說個不停。

子研雙手交叉地看着興奮討論的同學們，感到很**不以為然**。

「人類有什麼好視察的？真不明白凌老師為什麼要帶我們去人類世界。」

米勒聽到了，竟然沒有反對，說：「如果人類能友善一些對待動物，我很願意去了解他們。」

他去年跟凌老師去人類世界視察時，剛好碰到一位虐待小貓咪的人類小孩，因此對人類有不太好的印象。

「米勒你不會又想觸犯魔侍規則吧？」志沁走過來，當着米勒的臉說。他知道米勒上一回偷偷幫助人類世界的貓咪，還觸犯了傷害人類的規則，因此常以這件事**要脅**、刺激米勒為樂。

「呃，我，我，只要人類不對小動物不好，我當然不會……」

「凌老師說了，這次視察會帶我們去**動物園**，到時，你就會看到一堆被關在籠子裏的動物，對你說『救救我啊！快放我們出去！』」志沁故意扮着可憐的聲音說。

「我是不喜歡動物被關在籠裏，不過，只要他們不欺負動物──」

「米勒魔子，你是我們的救世主，快來救救我們吧！」志沁繼續扮演苦情的動物。

沫沫實在看不過眼，但懷裏的羅賓扯了一下她的腰帶，提醒沫沫不能動怒，沫沫才忍下來。

子研這時說：「凌老師說過，人類世界的規則不允許我們插手。米勒絕對不會隨便觸犯規則，志沁，你不要一直**作弄**米勒。」

志沁撇撇嘴，道：「我只是好心提醒他。要不然他同情心氾濫，說不定馬上衝動地把那些可憐的動物都放出來了！」

「謝⋯⋯謝你。我一定不會這麼做。」米勒吞吐地回道。

「真的嗎？你確定你不會觸犯規則，救那些可憐的動物出來？你可是牠們唯一的救星啊！」志沁還是不放過能揶揄米勒的機會。

沫沫正要幫米勒說話，仕哲走來解圍道：「好了，我們這趟出去視察可是要做功課的。記得帶人類學作業簿和筆，把凌老師設置的問題都記下來，好好地觀察和思考。還有，一定不能忘記帶魔侍手冊。志沁，你不寫下來嗎？」

志沁撇撇嘴，悻悻然地走回去位子。

仕哲繼續對着大家吩咐道：「剛才我們選了三組的組長，你們要看好自己的組員，明天提早到集合點⋯⋯」

這一天，同學們的話題都圍繞着人類世界，並且在興奮、忐忑與期待中度過。

晚上，沫沫早早就準備好明天出行的東西，臨睡前，她依照約定拿出綠水石，點擊綠水石下

方一個按鍵，和農叔視訊通話。

「什麼？你明天去人類世界視察？沫沫你要當心，別魯莽行事！」

農叔在濕地家園那一方露出擔憂的模樣。

「放心，有羅賓在呢！」沫沫說，羅賓趕忙飛過來，對着綠水石的小小農叔拚命點頭。

「我知道羅賓很盡責，不過我也知道你最近忙到食不定時。」農叔皺着眉頭說道。

沫沫瞄了一眼羅賓，她知道羅賓一定是趁她睡覺後跟農叔報告她的近況。

「我都有好好吃東西，沒有餓着。」

「你都瘦了一圈，你看，千隱也覺得你瘦了。」農叔身邊的一盆香龍血樹在拍打着葉子，似乎也在擔憂沫沫，牠是嚴農的修行助使千隱。

「千隱，你告訴農叔，我吃得很好，倒是農叔每次煉藥都會忘記吃午飯，你可要記得提醒他進食。」

千隱向前搧動那修長的葉片，示意沫沫放

85

心。

　　「那我先睡了，明天還要早起呢！晚安，農叔！千隱！」

　　沫沫快快關掉綠水石視訊按鍵，她可不想再聽農叔繼續**嘮叨**她吃飯的事。隨即她瞄向羅賓，道：「以後別告訴農叔我吃白麵包的事。」

　　「沫沫你是不應該拿白麵包當晚餐——」

　　「晚安，再不睡我明天可起不來了！」

　　說着沫沫按下燈掣，房間頓時暗了下來。羅賓見沫沫躺在牀上睡了，無奈地展翅飛向牆邊的小牀，鑽進牠舒適的被窩。

　　這晚，沫沫睡得並不安穩，她做了一個怪夢。

　　夢裏，她被一個魔侍牽着，走向一個**華麗**的商場，周圍有許多人類在開心地逛街和購物。商場內的擺設和商品琳琅滿目，沫沫看得目不轉睛，後來，牽着她的手的魔侍不見了。

　　沫沫隱約看見有個小女孩在隱秘的角落偷偷

哭泣，她發出叫聲，說：「救我！救我！」

　　沫沫想救小女孩，於是在商場內到處尋找，但無論她找到哪裏，小女孩總是像在她身邊的另一個空間，摸不着看不到。

　　終於，沫沫看見了小女孩，她走到小女孩跟前。突然，小女孩竟變成小時候的她……

「不，那不是我，絕對不是我……」

沫沫驚醒過來。

「怎麼會做這樣的夢？明天就是去人類世界視察的日子，難道是日有所思夜有所夢？不可能啊，我又不是沒去過人類世界……」

沫沫感到夢境非常真實，總覺得這個夢好像在暗示什麼。

第九章

可靠的司機

清晨六時，行政大樓附近的樹林出現了迅速跑動的身影。

原來他們都是運用速度力趕着去行政大樓集合的魔子魔女啊！

沫沫也在其中，她感到有點意外，想不到大夥兒都起得那麼早，看來大家都非常期待這次的視察呢！

沫沫抵達時，高敏已經在那兒，她看到沫沫，開心地走過來，說：「沫沫，你是插班生，去年的人類學視察你沒去，你知道嗎？人類世界很複雜，很亂，到處都是車輛啊、商店啊，還有人，你知道嗎？人類的商場好多人，你一定沒有看過那麼多人……」

高敏滔滔不絕地跟沫沫説着人類世界的事。

羅賓在沫沫懷裏不禁想：「要說去人類世界的次數，你們都不可能比沫沫多啊！」

沫沫沒有說明自己曾去過人類世界，她違規去幫助人類可不是能隨便告訴同學的事，於是她不斷點頭**附和**高敏，就算是她已經很熟悉的事，她也裝作第一次聽見。

高敏是沫沫這組的組長，跟她們同組的還有派西克、昆特和一位魔子。仕哲和米勒一組，與他們同組的另外三位都是魔女。子研則和志沁、艾倫同組，艾倫是組長。

沫沫沒看見交通工具，好奇地問：「高敏，我們要怎麼去呢？」

「嗯，我有聽活動處老師提過，今天會借來一輛巴士載我們去。」

「活動處老師？」沫沫正疑惑間，一輛豪華旅遊小巴士迅速地開到他們前方，並做了個高難度的轉彎，漂亮地停了下來，大夥兒都**看傻了眼**。

巴士門開啟了，大夥兒期待地看着門口，還沒看到身影，一串尖銳高亢的聲音卻先竄入大家的耳裏。

「同學們，早安！」

沫沫縮了縮肩膀，皺一皺眉頭，這聲音那麼**響亮刺耳**，不用說都知道是誰啊！

果然，下一秒，一名穿着華麗衣裳的女士出現在巴士門口。她，正是開學時主持開學禮的「高八度音」啊！

只見高八度音**姿態優雅**地走下階梯，對大家說：「今天由我——施密特‧凱特琳活動處主任充當你們的司機，負責載水二班的同學去人類世界的H城視察。要知道H城可是繁華的大都會，大家一定要聽從我，還有凌老師的指示，不能隨意走動，清楚了嗎？」

「清楚了！」大夥兒熱情回應。

這時大家看到凌老師已經在巴士內，透過視窗朝大夥兒揮手呢！

「非常好。我看看……」高八度音環顧一下同學們，拿出點名簿看一遍，然後說：「好，大家都到齊，我們可以出發了！上巴士囉！」

「高八度音只隨意一看就點完名了嗎？」沫沫跟着大家順序走上巴士，好奇地問旁邊的高敏。

「哈哈，你是插班生，所以不知道高八度音的能耐。她啊，只要見過你一次，就記得你的名字和樣子囉！」

沫沫不禁對高八度音**另眼相看**。

高敏繼續說：「高八度音不只記憶力超羣，眼力也特別好，所以凌老師今年才會請她一起帶領我們去吧？」

沫沫佩服地點點頭，她們按照凌老師指示的位子坐下，高敏剛好又跟她同坐。

六時半，巴士開動了。

巴士緩緩地行駛在尼克斯魔法學校的校園內，前方有棵巨大的樹擋着道路，高八度音卻當

作沒一回事地往前開去，大夥兒都**驚呼出聲**，深怕巴士會撞上大樹。這時，高八度音眼神尖利地凝神唸道：「阿飛雷息讓克魔爾，開路！」

大樹竟然自動移開，讓出一條路來！

大夥兒都看傻了眼，接着，有同學拍起掌來，但馬上被凌老師阻止，他說：「別少見多怪，這是高階魔法力，叫屏障去除力，你們將來也有機會學習和使用。待會兒去到人類世界更要記住，絕對不能使用魔法力，好好聽從我和施密特・凱特小姐的指示。」

高八度音聽到凌老師說錯她的名字，**糾正**道：「凌老師，我說了很多次，我是施密特・凱特琳小姐，不是施密特・凱特小姐。」

大夥兒一陣竊笑。

「噢，不好意思啊，我會記住的，施密特・凱琳小姐。」

「不，不。是施密特・凱特琳。」高八度音耐心地說。

「哦，施密特‧凱特琳娜小姐。」

凌老師再次唸錯高八度音的名字，大夥兒又是一陣竊笑。

眼前又出現一個障礙物，那是座小亭子，高八度音晃晃頭不理會凌老師給她亂命名，專注施行屏障去除力：「阿飛雷息讓克魔爾，開路！」

小亭子立即往右邊移開，並傾倒向一側，待巴士過去後才恢復原狀。

緊接着，又有一堆樹叢，高八度音急忙又唸出咒語，樹叢瞬間向兩旁挪開。就這般，一路上遇到障礙和樹木擋路，高八度音馬上使用魔法力讓屏障全部去除，大夥兒不禁大開眼界，覺得非常刺激。

志沁瞄了眼後方的沫沫，故意大聲說道：「嘿，我一定要早一點掌握這種魔法力，把我不喜歡的魔女去除掉！」

沫沫知道志沁在說她，但並不以為意，羅賓憤憤不平地在沫沫懷裏說：「不自量力！在你

對沫沫行使這魔法力之前，沫沫早就將你去除掉了！」

「羅賓，別理會看我們不順眼的魔侍。我們今天可是去人類世界視察，可以親眼見證和學習到許多人類世界的知識，這不是很令人開心的事嗎？」

高敏覺得沫沫的心態很**成熟**，一臉仰慕地說：「沫沫，你處事一點兒都不像十歲的魔女呢！你不單魔法力使用得好，對於各種知識也掌握得很快，我真的要好好向你學習。」

沫沫臉紅起來，她不太習慣被人如此稱讚。

這時巴士已一路順暢地來到尼克斯魔法修行學校的高大圍牆前方。圍牆上爬滿了看守藤蔓，此時的藤蔓已經伸出「觸手」，似乎隨時準備將巴士纏住。沫沫在入學第一天曾見識過看守藤蔓纏住一位魔子的魔力，因此不免有些緊張起來。

巴士停了下來，大夥兒的注意力都放在高八度音身上。

只見高八度音亮出通行證，往樹籬照了一下，並唸出屏障去除咒語，看守藤蔓馬上迅速縮了回去！高大的圍牆頓時空出一條道路，讓他們的巴士通過。

突然，沫沫發現有隻蝙蝠想要趁機飛越過圍籬，看守藤蔓忽地伸長藤枝，準確地捲住蝙蝠，並將牠甩了出去！

蝙蝠被甩出去時狼狽地撲棱着翅膀，振翅飛翔，逃離看守藤蔓。

巴士這時已通過圍籬，看守藤蔓圍牆迅速恢復原狀。

同學們都不禁呵一口氣，終於通過這難纏的「守門者」了啊！

沫沫覺得這趟視察從一開始就充滿了各種不確定性，像是進行一場刺激冒險的旅程呢！

過了圍籬，他們所坐的巴士還得經過連串的障礙如迷霧樹林、沼澤地等等，不過在高八度音持續使用屏障去除力之下，巴士非常順利地往前

行駛。

　　沫沫心裏不禁讚歎：「要連續使用魔法力，還得駕駛巴士，高八度音真是魔法力強大的魔侍。」

　　高八度音就這麼一路「**披荊斬棘**」地駛向人類世界，凌老師則不斷叮嚀他們：「去到人類世界必須遵守我和施密特‧凱琳小姐的指示，除非有危險狀況，絕對不能使用魔法力。」

　　「另外，為了防止大家違規，我們今年制定了*懲罰規則*。」凌老師補充道。

　　「什麼懲罰規則？怎麼罰？」志沁舉起手，熱心地問道，並有意無意地瞄了一眼米勒。

　　「比如不小心洩露了魔侍世界的事物，或言語間提到魔侍的事，就算違規，每說一次會被罰款五分銀幣。」

　　米勒瞪大了眼說：「什麼？五分銀幣那麼多？」

　　坐在米勒身邊的仕哲**聳聳肩**道：「多少都無

所謂吧？只要我們不違規就好。」

　　米勒似乎有些擔憂，深怕自己不小心違規。

　　在他們後座的志沁嘴角翹了起來，似乎在盤算着什麼好玩的事。

第十章
歡迎來到人類世界！

很快的，巴士已來到人類世界與魔侍世界的邊界，高八度音使出最後一道咒語，行駛過去之後大聲地對同學們說：「歡迎大家來到人類世界！從現在開始你們要謹記，不准使用魔法力，也不許透露魔侍世界的任何事，聽到了嗎？」

高八度音提高聲量後聲音更加刺耳，大夥兒連忙點頭回應：「聽到了！」

「我們要把自己當成人類！」高八度音尖銳地說着，似乎顯得很興奮，她拉長音重複道：「我們是人類！我們是人類！」

「我們是人類！」同學們也跟着投入角色扮演的情境，大喊道。

窗外，從稀疏的車輛、窄小的道路、濃密的樹林，漸漸變成高架橋、橫豎交錯的高速公

路、高聳大樓的城市景觀，同學們一個個瞪大了眼，精神振奮地期待着即將抵達的目的地。

凌老師對大家説：「我們要去視察的第一站，是人類世界的博物館，接下來會去動物園。吃過午飯，我們去濕地保護區考察，然後會帶大家去百貨公司逛街，感受一下人類商場的氣氛，之後就返程。」

「凌老師，我們可以買些**紀念品**回去嗎？」子研舉手問道。

「可以是可以，但你們沒有人類世界的錢幣，必須通過老師代為購買。」

子研和其他同學顯得很興奮，大家七嘴八舌地商量着要買哪些東西回去，送給哪位親友。

「大家注意，去到外面可不能這樣**大聲喧嘩**。要聽從我和凱特琳娜小姐的指示，遵守規矩，尤其不能提到關於魔侍和魔侍世界的事。」

高八度音聽到凌老師又説錯她的名字時，眉頭無奈地皺了一下，她已經完全放棄糾正凌老師

了。

　　凌老師繼續**叮囑**道：「另外，有帶修行助使的同學也要提醒你們的伙伴，絕對不能開口說話。」

　　沫沫望向懷裏的羅賓，羅賓馬上做出噤聲的模樣。

　　隨着巴士駛向一個停車場，大夥兒知道他們終於抵達今天視察的第一站——博物館。

　　「沫沫，我們不用先吃早餐嗎？」羅賓從沫沫懷裏探出頭問，然後又趕緊遮住嘴巴。

　　才說完，凌老師就對他們說：「這裏有一家**百年老店**，我們會先到那兒用點早餐，老師已經事先預約好餐點和座位，大家不用着急，慢慢下車。」

　　於是，大夥兒懷着振奮的心情，走下巴士，向博物館旁邊的一家古舊餐廳走去。

　　餐廳老闆和員工非常熱情，招呼着同學們入座，立刻遞上剛出爐的香噴噴牛油麵包、兩顆半

生熟雞蛋，還有一杯熱奶茶。

　　沫沫發現奶茶旁邊放着兩片薄薄的東西，拿起來研究是什麼食物，這時凌老師過來對她說：「這可是用上好的麵粉，加入了純正的椰子漿液、奶油和楓糖做成的椰子香餅，好好品嘗吧！」

　　沫沫將椰子香餅放進嘴裏，想不到酥酥脆脆的餅乾馬上溶化了，椰子、奶油和楓糖的香味融合在嘴裏，沫沫**兩眼一亮**，簡直不能相信世界上有這麼好吃的東西！

　　凌老師也把一片椰子香餅放進嘴內，然後露出幸福無比的模樣。

　　餐廳老闆看着大家幸福用餐的模樣，有些**受寵若驚**。同學離開餐廳後，他特地送了椰子香餅給凌老師和高八度音，說：「非常歡迎你們再來！」

　　「會的，我們學校每年都會來這裏觀光學習。」凌老師說着，滿臉笑容地抱着椰子香餅走

了出去。

高八度音謝過老闆，仰高着頭走出餐廳的同時，凝神專注地唸了一道咒語：「形夾離稀，散開！」

餐廳內的蟑螂和鼠輩們統統逃離開去，嚇得員工們跳起來尖聲怪叫。

高八度音嘴角提了一提，優雅地走向博物館。沫沫走在後頭，發現高八度音違規幫助餐廳老闆驅散鼠輩和蟲蟻，突然對她產生一種親切感。原來老師們也不是全部不講情理的啊！

來到博物館，凌老師指示大家走進一個**簡陋**的入口。

這家市立博物館看起來並不大，甚至有點老舊不堪，凌老師對他們說這裏很適合他們來參觀，除了因為來參觀的人不多，還有最重要的一點——這家博物館建立於二百年前，有非常值得參觀的文物。

凌老師在前頭領着同學們，滔滔不絕地跟同

學們介紹這裏保存的人類文物，比如隨年代演變的交通工具、不同時期使用的錢幣、生活器具和用品、當時君主的穿着、人民的衣着等等。

「雖然凌老師時常叫錯大家的名字，但對於人類的事可是**瞭如指掌**。」高敏對沫沫說。

「對食物也一樣。」沫沫補充道。

「對，太對了！」高敏哈哈笑了起來，看來大夥兒都知道凌老師「貪吃」的脾性。

同學們觀賞文物的同時，還得將聽到和看到的記錄在作業本子上，大家都忙碌得很。

高八度音則在後頭看着，把注意力都放在學生身上，確保學生不離隊，像個保姆般守在他們身後。

由於博物館不大，他們很快就參觀完畢。沫沫的作業本記滿**密密麻麻**的字，高敏對她更佩服了。

下一站是附近的市立動物園，他們的巴士一到站，同學們即**迫不及待**地下車，大夥兒都對

人類世界的動物很感興趣呢！

　　他們首先去溫馴動物區，那兒有長頸鹿、大象、梅花鹿、駱駝和一些家養動物，如兔子、豬、牛、羊等，大夥兒跟着指示餵動物們吃東西。米勒總是走在最後，他觀察得特別仔細，筆記也記得非常多，幾乎要把動物們的習性都記錄下來。

　　子研是他們那組的組長，她**迫於無奈**地等候米勒，志沁看到子研不耐煩的樣子，又對米勒出言揶揄。

　　「你那麼喜歡這些動物，不如你就留下來在這裏當護養員好了。」

　　「只要是動物我都喜歡，訓練所的動物我也非常喜歡——」

　　還未説完，米勒就被凌老師點名道：「迷勒，違規一次。」

　　「撲哧！米勒變迷勒了，哈哈！」高敏雙手遮住嘴巴笑出聲來。

同學們聽到凌老師把「米勒」叫成「迷勒」，雖知道不應該取笑同學被罰，但還是忍不住**捧腹大笑**。

　　米勒最怕被罰款，他皺緊眉頭懊惱不已，但志沁可高興極了，他湊到凌老師跟前，看着凌老師在違規記錄簿上米勒名字的後方，打了個勾。

　　接下來到猛禽動物區，大夥兒對兇猛的獅子、老虎非常感興趣，但都憂慮牠們會突然撲過來，米勒對大家說：「別怕，只要我們不激怒牠們，動物通常不會**無緣無故**來侵犯我們。」

　　志沁這時又說：「如果牠們肚子餓就說不定了哦！」

　　「那我們就盡量不靠近牠們。」

　　「如果人類被這些猛獸傷害呢？」

　　「不會的，都說了牠們不會無緣無故傷害人類。」

　　「只有人類嗎？我們呢？」

　　「魔侍更不會被傷害，我們有魔法──」

米勒驚覺自己又違規時，志沁已經笑呵呵地看着凌老師在違規記錄簿又打了個勾。

米勒跑向沫沫，埋怨道：「沫沫，我今天已經違規兩次，要罰款十分銀幣……」

想到好不容易在訓練所打工賺來的銀幣就因為自己的不小心被用掉十分銀幣，米勒就非常傷心。

「米勒，記得不要被志沁影響，我們這次是來視察，你應該把注意力放在你喜歡的動物上就好。」沫沫提醒米勒道。

米勒點點頭說：「嗯，把注意力放在我喜歡的動物上。」

米勒走回他們那組，志沁對沫沫扮了個鬼臉，沫沫無視他，繼續觀察威武的獅子。

動物園的最後一站，是爬蟲動物區。

仕哲對爬蟲類似乎相當**畏懼**，平時舉止斯文、樣貌英氣的他突然變得膽小起來，只見他一走進爬蟲館即全程緊跟在米勒後方，並催促米勒

快走。要不是高八度音在後方看着，他早就從後面溜出去了。

　　他們走到一隻稀有品種的蜥蜴前面時，凌老師對他們說：「居住於沙漠地帶的蜥蜴體型通常比較大，不過也有一些是個子很小的，像這種小型蜥蜴，看起來像壁虎那麼小，顏色卻非常鮮艷……」

　　輪到他們那組時，米勒期待地趨前去仔細觀看，仕哲則半閉着眼**瞧了一眼**，趕緊望向其他方向。

　　「哇，好漂亮的顏色！」米勒讚歎道。

　　「仕哲，你看看，不可怕的，他們每一隻身上的顏色都有些不同。你看，那隻還吐着舌頭，好像在對我們說話呢！」

　　「你錯了，米勒，蜥蜴是不會說話的。」仕哲還是不肯轉過頭去。

　　志沁見米勒一副興奮的模樣，掃興地說：「你剛才沒有聽到凌老師說嗎？這種蜥蜴是非洲

人類很喜歡的美食。」

「不是吧？那麼漂亮的生物，人類竟然吃牠們？」米勒難受得臉孔都扭曲了。

「你應該知道，人類可是什麼稀奇古怪的生物都會吃。難道你不想嘗嘗嗎？」

米勒**一臉驚恐**地晃晃頭，道：「不，不！再怎麼樣都不能亂吃生物。」

「為什麼？人類可以吃，你就不能吃嗎？」

在米勒旁邊的仕哲聽出志沁故意引導米勒犯規，但他想阻止時已經來不及，米勒衝口說出：「我們魔侍對吃東西方面是講求環保的──」

結果，米勒眼睜睜看着凌老師在違規記錄簿給他打了個勾。

米勒什麼心情都沒有了，他記下凌老師吩咐的功課，匆忙走出爬蟲館。

仕哲不禁呵口氣，他終於可以出來透透氣了。

剛走到轉角，他就被個小東西嚇得倒退幾

步！

　一隻顏色豔麗的蜥蜴正攀在路邊的柱子上，抬頭望着他！

　「蜥蜴逃出來了！」仕哲驚慌地抓住米勒的手臂說。

　這時旁邊的動物園員工友善地對仕哲說：「同學別怕，這隻蜥蜴非常乖巧，牠名叫叮叮，很喜歡跟小朋友做朋友。你可以過來摸摸牠哦！」

　仕哲臉色慘白地晃着頭說：「不了，謝謝。」

　「叮叮真的很可愛哦，來，試試看，牠不會咬人。」員工不放棄地說。

　仕哲看着叮叮，想說不時，叮叮已跳過來仕哲的臂膀！

　仕哲張大嘴睜大眼，雖驚恐卻不敢隨便亂動，生怕不小心嚇着牠。

　「哎呀，叮叮好像很喜歡你呢！來，我幫你

們拍張照片吧！」

　　動物園員工說着立即拿起即影即有相機對着他們。

「來，笑一個！」

　　仕哲全身僵硬，非常辛苦才勉強扯動了一下嘴角。「咔嚓」一聲，員工幫他們拍好照片，遞給仕哲。

仕哲急忙請員工拿走叮叮，但叮叮似乎不太想離開，在員工伸手過來抓牠時，牠沿着仕哲的手臂爬到他的肩膀，緊緊依偎在仕哲頸項，仕哲整個人似乎石化般**動彈不得**。最後員工還是把叮叮抓走了，叮叮不高興地擺起一副臭臉。

　　員工再次説：「我覺得叮叮真的很喜歡你呢！」

　　仕哲臉部抖了一下，快步跑開去。

　　沫沫露出疑惑的表情，子研對沫沫説：「我這個表哥什麼都不怕，最怕爬蟲。不過他好像跟爬蟲特別有緣，總是讓他碰到各種各樣的爬蟲。」

　　「如果是我，一定會請問看守員可不可以養叮叮。」米勒説。

　　「你確定你可以養？養在哪裏？」志沁問。

　　米勒正要説養在訓練所，但看到沫沫皺眉頭警告他，趕緊閉嘴。

　　「呼！差點兒又違規啊！」米勒抹了抹汗，

慶幸自己沒有被罰多五分銀幣。

　　參觀完動物園，他們去凌老師非常喜歡的一家餐廳用餐。那兒有各樣餐點，據凌老師說，餐廳內提供了各國料理，有西式、中式、日式、韓式、法式餐點等等。

　　同學們在人類學課堂上讀過各個人類國家和民族，對他們的食物也很感興趣，同學們分別點了不同國家的食物，分着享用，大家都覺得很新鮮、很滿足。

　　吃過**美味新奇**的午餐，他們就出發去參觀濕地保護區。

　　沫沫從小在濕地家園長大，對於濕地的性質和環境非常熟悉。不過，人類世界的濕地相較於他們家，還是有很大的不同。

　　比如濕地家園的底層土，除了濕土還多了些不同成分的泥土，更有利於微生物生長，適合更多品種的動植物。

　　同學們對於娃娃魚和寄居蟹很感興趣，但對

於沫沫來説，這些都是極其普通的小生物，所以她很快即做完觀察筆記。

　　接下來，就來到同學們非常期待的逛百貨公司時間啦！

第十一章
哭泣的小女孩

　　水二班的同學們在凌老師的帶領下，走進市內一所大型的商場。這兒**聲光絢麗**，店舖林立，商場中央還有配合節日而布置的裝置藝術，大夥兒看得目瞪口呆。

　　「走吧！我們坐扶手電梯上去一樓的書店，那兒可是充滿了人類文化的印記，大家如果有喜歡的書或文具也可以先記下來，回去前老師再替你們購買。」凌老師説着，率先走上扶手電梯。沫沫覺得凌老師應該是最想逛人類書店的魔侍了，因為他看起來特別**精神奕奕**，腳步也比平時輕快許多。

　　沫沫跟在高敏後頭踏上扶手電梯，覺得很新鮮。平常她來到人類世界幫助人類，多數在**人煙稀少**的地方，即使去人類居住的公寓或學校，也

只乘搭過升降機，沒有搭過這種緩緩上升的扶手電梯。

逛過書店，凌老師接着又帶大家去玩具店、服裝店、百貨公司的電器部、禮品部、食品部等等。

大家看到琳琅滿目的商品和店鋪都覺得很新奇，大夥兒一邊逛一邊記錄凌老師吩咐的功課，比如今年人類有什麼特別的發明工具或電器、人類喜歡的穿着打扮、現在流行的**潮流時尚**和新興玩具等等，時間很快就過去。

「剩下一個小時，我去幫同學購買紀念品，然後外帶一些好吃的回去。你們就跟着凱特瑟琳小姐去小食中心喝杯東西等候我吧！」

這時有個同學舉手提議道：「凌老師，我們想去遊戲中心玩。」

其他幾位同學都**點頭和議**，凌老師看向高八度音，高八度音攤攤手毫不在意地説：「難得同學這麼期待，讓他們去玩個夠吧！」

於是，高八度音領着同學們來到商場四樓的遊戲中心。

大夥兒一窩蜂湧向裏面，這裏有好玩的打鼓機、跳舞機、抓娃娃機、賽車遊戲、射擊遊戲，還有各種運動遊戲，比如籃球、保齡球、足球運動等等，大夥兒看得**目不轉睛**，每種都想嘗試。

高八度音幫忙兌換好遊戲代幣，分給同學，大家馬上散開去找各自想玩的遊戲。

沫沫曾經看過這樣的遊戲中心，但從來沒有玩過。她到抓娃娃機前方，看高敏和子研玩，然後又看了米勒和仕哲玩划船機。志沁和一班魔子很喜歡玩賽車遊戲，沫沫看了看，又走去運動遊戲機那兒看同學們投籃、打保齡球。

沫沫對於玩遊戲沒有太大的興趣。昨晚一直做夢的她睡眠不足，加上參觀了一整天，她現在累得只想好好休息一下。

沫沫獨自走到角落的飲水機旁休息。羅賓本

想要沫沫買罐汽水喝喝看，但又怕沫沫喝汽水不營養，於是靜靜地陪在沫沫身邊。

沫沫趁機**閉目養神**。突然，沫沫聽見一些微小的聲音。

那是一種像在求救的叫聲，但由於遊戲中心太吵雜，不仔細聽還真的聽不見。

沫沫凝神專注地傾聽，果真聽到：「媽媽，快來救我！媽媽……」

沫沫陡然站了起來，羅賓也被嚇了一跳！

她匆匆打開袋子，發現綠水石發出細小的唧唧聲！

這可是有人類急需沫沫幫助時才會出現的警示聲啊！

「噢！怎麼偏偏在這時候響？沫沫你可不能隨便離隊呢！」羅賓小聲地說。

沫沫悄悄取出綠水石，裏面顯現出一個小女孩的身影，她在某個漆黑的地方哭泣。

「救人要緊。我不能因為怕違規而**見死不**

救！」

　沫沫說着，仔細觀察綠水石內的環境。

　「女孩所在的地方是個密閉空間，非常狹窄，不過又不像是房間。嗯……」沫沫看向密閉空間外的走廊，說：「附近沒有其他人類和商店，看起來很偏僻。」

　沫沫想了想，湊前去仔細看女孩房間的牆壁，發現有一些淺白的管子和消防栓痕跡，她**恍然大悟**，說道：「這裏曾是設置消防栓的地方，現在改用新式消防設備了，但還保留着這樣的空間！」

　「她躲在那裏做什麼？」羅賓不明所以地問道。

　「小女孩躲在這裏，還叫媽媽救她……」沫沫擔憂地皺一下眉頭，推測道：「小女孩被人拐走，但她趁犯人不注意時逃走，然後找到這地方躲起來！」

　羅賓張大了嘴，說：「那得趕快去救她，萬

一犯人先找到小女孩可糟了！」

　　沫沫點點頭，想馬上去救小女孩，但高八度音在遊戲中心入口處**金睛火眼**地守着，如果走出去肯定會被她發現。

　　「必須逃過高八度音的視線……」

　　沫沫心想着，擺起魔法手印，唸出咒語：「拉浮雷雅，隱身！」

　　沫沫剛隱去身影，高八度音就朝飲水機這兒看過來！

　　她露出懷疑的眼神，想了想，然後向飲水機走過來了！沫沫看着逼近眼前的高八度音，緊張得心臟**撲通撲通**地跳個不停。

　　就在這時，有位同學衝到高八度音跟前說：「老師，可以再換多一點遊戲代幣嗎？我們還玩不夠。」

　　高八度音歎口氣，將手掌中餘下的代幣放到同學手中，說：「如果你們學習也這麼有熱誠就好了！」

　她説完，走回去入口處守着。

　這會兒，沫沫正在遊戲中心外呢！她趁高八度音分心時快快通過入口，順利地走了出去！

　「我們只剩四十分鐘。」沫沫對懷裏的羅賓說着，再唸出速度力咒語：「德起稀達，速！」

　沫沫快速地抵達洗手間外面的靜僻走道，她在逃生梯附近尋找，但只看到雜物房。

　「不在這層樓，沫沫，她會不會在樓下？」羅賓問。

　沫沫打開通往逃生樓梯的木門，往上看去，發現樓梯口有顆糖果，並説道：「她應該往上跑。」

　於是，沫沫往樓上走去。

　她打開頂樓的木門，發現上面是個舒適的**露台空間**，角落開着家小小的咖啡館，館內有位留着八字鬍的員工。

　員工看過來，摸摸嘴邊的鬍子對她微微一笑，似乎很希望她進去用餐。

沫沫沒有逗留，馬上轉身衝下樓繼續尋找小女孩，羅賓忙問：「沫沫，你不怕小女孩躲在露台角落嗎？」

「不，在頂樓的話我肯定會聽到她的求救聲。」

沫沫走到四樓再次查看時，剛好仕哲和米勒從洗手間走出來。

「沫沫，你去哪裏？怎麼從那個方向過來？」米勒訝異地看着沫沫。

沫沫**神色凝重**地說：「有位小女孩被人拐走，我必須去救她。」

這時，從女廁走出來的子研聽見他們的對話，急忙說：「怎麼救她？」

他們退去旁邊的隱秘走廊，沫沫取出綠水石，發現之前顯示小女孩躲着的房間已經看不到女孩的身影。

「糟了，小女孩也許被犯人發現了！」

「那我們要怎麼辦？」米勒問。

「必須找到小女孩。」

「去哪裏找？」仕哲焦急地問。

「我覺得犯人應該還在商場，五分鐘前小女孩還在房間躲着。」

「小女孩是被犯人發現，拐走了嗎？」米勒驚恐問道。

子研瞪大了眼，説：「那我們一定要趁犯人還沒有離開商場前找到他們！」

仕哲看看手錶，焦急地説：「我們還有三十分鐘就必須回到遊戲中心入口。沫沫，你説吧，我們會盡量把小女孩找回來。」

沫沫想了想，説：「我們不只要救出小女孩，同時也不能被人類和高八度音發現我們拯救女孩的事。」

「我們該怎麼做才不會被人類和高八度音發現？」仕哲問，他其實不想違規，但現在是緊急狀態，他也很想幫忙救出人類小女孩。

沫沫突然想到了什麼，敲了下響指道：「對

了，**用複製紙！**」

「複製紙？」子研不明地問道：「複製紙可以寫下任何東西在我們想要呈現的紙張上……」

「嗯。我們不是有帶着魔侍手冊嗎？」沫沫說。

「有啊！不過，魔侍手冊可以做什麼？」米勒困惑問道。

這時仕哲恍然說道：「只要將複製紙分給我們，當其中一位發現小女孩，就可以利用複製紙的特性，複製在我們幾位的魔侍手冊上，告訴我們小女孩在哪裏！」

沫沫點點頭，道：「對極了！」

然後她趕緊取出複製紙，把複製紙對摺分成四等分，分給大家。

「現在我們手上都拿着複製紙，無論誰發現小女孩，一定要馬上通過複製紙寫在其他三位的魔侍手冊上！」

於是，他們立即分頭去每個樓層尋找小女孩

和綁匪。

　　此時，一位小女孩坐在頂樓的咖啡館，頭低低地抽泣着。咖啡館員工走了過來，遞給小女孩一杯飲料，小女孩看着冒着**五顏六色**的泡泡飲料，擦乾眼淚，有點畏懼地望着眼前的八字鬍叔叔。八字鬍叔叔朝女孩笑了笑，眼裏充滿了溫和的笑意。

第十二章
拯救計劃

　　四樓遊戲中心那一層沫沫已搜過，因此沫沫指派大家去不同樓層搜尋小女孩。

　　沫沫負責搜查三樓，仕哲二樓，子研一樓，米勒地下一樓。

　　這商場很大，沫沫搜了三樓一遍，時間已過去十分鐘，她翻開魔侍手冊，沒有任何動靜，這代表其他伙伴都還沒找到小女孩。

　　「不行，再搜一遍，一定要找到她……」沫沫心想着，趕緊又跑向偏僻的逃生門附近搜索。

　　以前的幫助人類計劃不像這次那樣，即使稍微延後也沒什麼影響。這回，可是關乎小女孩的性命，沫沫看過許多人類的新聞報道，被綁架的小孩有些被販賣，有些被用來幫忙賺錢，有的甚至被殘忍對待！沫沫一定不能讓小女孩遇到可

怕的事！

　　她謹慎地搜尋每個角落，此時，她發現魔侍手冊似乎有動靜。

　　她打開來，看到上面寫着：「女孩和誘拐犯在地下一樓，誘拐犯準備駕車……」

　　沫沫看完複製紙顯示的字，着急地從懷裏取出移行緞帶，凝神專注地往前一拋！

　　沫沫已**瞬間移行**到地下一樓的逃生梯入口。

　　羅賓驚慌地看一眼四周，**心有餘悸**地說：「幸好這裏沒有其他人類。被人類看到你突然出現可不得了……」

　　沫沫沒有時間聽羅賓唸，她打開地下一樓的逃生門，看到米勒正躲在柱子後方偷偷觀察前方動靜。

　　這兒是停車場，停放了很多車輛。沫沫朝米勒的視線看去，發現一位戴着鴨舌帽的男子正在發動車子，他應該就是誘拐犯，因為後座坐着的

正是綠水石中顯現的小女孩！

沫沫趕去米勒身旁，米勒對她說：「剛才他抱着小女孩進後座，小女孩在哭鬧，但誘拐犯一直說『等下次來才買給你』，旁人都以為是自家孩子在**鬧脾氣**而已。」

「真是狡猾的誘拐犯！」羅賓露出不齒的語氣。

這時仕哲和子研也先後來到，他們身後還跟着幾位大人和小孩，他們提着大袋小袋，都是準備回家的顧客。

仕哲走來問沫沫：「現在要怎麼辦？如果我們使用魔法力，一定會被人類發現。」

「使用隱身力，人類就不會發現我們。這樣吧……」

沫沫小聲地向伙伴們說出計劃。

誘拐犯的車子已經駛到出口處，但停車場的

欄杆好像有問題，一直升不上來。誘拐犯沒辦法開車出去，只好下車查看。

　　沫沫趕緊對誘拐犯使出對換力：「安塔雷及，換！」

　　誘拐犯立即變成一盆花！

　　同一時間，子研衝進車子將小女孩抱出來。仕哲和米勒則負責取走誘拐犯車上的鑰匙，並馬上衝去一樓櫃枱交給警衛。

　　此時，誘拐犯又變回原來的地方，沫沫原本要使用催眠力，但偏偏這時有輛人類駕駛的汽車駛過來！

　　「怎麼辦？不能對誘拐犯使用催眠力……」沫沫腦袋快速運轉，「那就只好這樣了。」

　　沫沫急急唸出：「歡打戲牙，圍牆！」

　　眼前的出口柵欄立即幻化成一道圍牆！人類駕駛者擦了擦眼睛，雖然感到疑惑，還是掉頭轉回去了。

　　「呼！幸好來得及。」沫沫**大呼口氣**。

與此同時，誘拐犯發現車子內的女孩不見了，再看看鑰匙也不見了，瞪大了眼。

沫沫以為他會**勃然大怒**，誰知他竟笑了起來。

誘拐犯很快地來到沫沫跟前。沫沫往後退兩步，隨即露出驚訝不已的神情。

難道誘拐犯這回想誘拐沫沫？羅賓正要警告沫沫，沫沫也跟着笑了起來，說：「你真是嚇死我了，葛司先生！」

羅賓**一頭霧水**地看着誘拐犯，他哪一點像那個護衛兵葛司？

「算你厲害。走吧，叫你朋友去拿回車匙，我把車子開去旁邊，阻礙到別人可不好。」

沫沫趕忙上樓去取回鑰匙。

仕哲和米勒感到**困惑不已**，問道：「這是怎麼回事？」

使用隱身力抱着小女孩的子研，這時也顯現身影。

小女孩跳出子研的懷抱，陡然變成科校長！

「為什麼小女孩是科校長？」子研驚呼出聲。

「噓！這裏不方便説，我們上去頂樓。」科靜説道。

於是，他們走進逃生梯，科靜拿出沫沫給她的搬運緞帶，將大家一塊兒「搬運」到頂樓咖啡館後方。

他們走出來時，看到小女孩抱着母親在哭泣。

「原來真正的小女孩在這裏。」仕哲點着頭，**恍然大悟**地對米勒説。

「小妹妹，你怎麼會被拐走呢？你不是應該乖乖待在媽咪身邊嗎？」葛司不識趣地走過去問道。

「我，我……」小女孩把頭壓得低低的，幾乎抵住胸口，説：「我想買花送給媽咪……」

沫沫的眼神閃了一下，**為之動容**。原來女

孩是因為想買花送給母親才會擅自跑開，結果被誘拐犯盯上啊。

「對不起，媽咪，我沒有買到花送給你，還讓你擔心……」

女孩顯得很失望。

沫沫似乎想起什麼，打開袋子，取出一顆葵花籽。

那天在咕嚕咚的課堂上，沫沫忙着催眠迷你白鼠，沒時間練習開花力，後來將迷你白鼠放回樹林時，隨手將多出來的葵花籽放在袋中。

沫沫專注地盯着葵花籽，轉過身悄悄唸道：「阿殼麻鑽，開花！」

只見葵花籽迅速發芽，伸長着花莖，漸漸地長成一朵盛開的豔黃向日葵！

一旁的米勒、仕哲和子研都讚歎不已。子研呵口氣，對沫沫說：「你的魔法力的確練得不錯，看來我不加把勁不行了！」

沫沫展開自信的笑顏，回說：「隨時接受你

的挑戰！」

然後她走向小女孩，說：「小妹妹，這是你剛才訂購的太陽花嗎？」

小女孩忐忑地看着沫沫，看到沫沫鼓勵的眼神，她高興地接過向日葵，送給了母親，兩人**緊緊相擁**在一起。

小女孩和母親走後，米勒馬上問道：「這是怎麼回事？小女孩怎麼會在頂樓呢？」

咖啡館員工這時扯下他的小鬍子，居然是南德！

南德笑了笑說：「一開始小女孩的確是被誘拐犯拐走，不過出動了兩位麒麟閣士和一位閣士長，他怎麼可能是我們的對手？」

「誘拐犯在哪裏？」沫沫問。

「他在一樓警衞室，我用手機拍下他拐走小女孩的畫面了。」科靜說。

沫沫恍然大悟，道：「一開始的確有誘拐案，所以綠水石發出警示燈，並顯示小女孩躲藏

的地方。」

「後來呢？」仕哲問。

子研搶着說：「誘拐犯被你們逮住，小女孩也被安全地送到天台咖啡館。而你們呢，就假裝成誘拐犯和小女孩。」

葛司問：「為什麼我們要這麼麻煩用變形緞帶變成誘拐犯和小女孩？」

子研掃視一眼葛司和南德，想了想，說：「看我們救出小女孩的同時，會不會洩露出魔侍的行蹤。」

葛司似乎頗為驚訝，想不到除了沫沫，這位小魔女的推理能力也極好。

「科校長，我可以知道為什麼你們要怎麼做嗎？」沫沫問道。

科靜揚起了嘴角，等着葛司說明。

葛司緩緩說道：「**你們通過測試了。**」

大夥兒異口同聲說道：「什麼測試？」

科校長**笑而不語**，提醒說：「你們不是遲

了嗎？」

　　仕哲慌忙查看手錶，對伙伴宣布道：「已過了一分鐘！高八度音發現我們不見了可就糟糕！」，大夥兒一窩蜂衝下樓去。他們可不想因為遲到而被罰五分銀幣呢！

第十三章

決定

　　這一趟的人類世界視察課順利結束。歸途中，大夥兒在車上睡得**東歪西倒**，玩了一整天，大家都累壞了。

　　沫沫雖然累極，卻怎麼都睡不着。

　　她腦海浮現了剛才小女孩送花給母親時，母親臉上閃現的光彩。

　　「我的母親是否也喜歡花呢？如果我送花給母親，她會不會也露出那樣的表情？」沫沫想着想着，突然**目光如炬**，眼神充滿了神采。

　　「既然母親在盤天工場工作，只要找到盤天工場，一定可以問出母親的工作地點。到時，我就可以送花給母親了！」

　　沫沫打定主意，她要去盤天工場尋找母親！

下期預告

　　為了查找出釋放古生物的可疑魔侍，科靜組成一個調查小組，沫沫、米勒、仕哲和子研加入其中，他們的行動代號為「鼴鼠」。

　　第一次進行追蹤調查的沫沫和伙伴們顯得很緊張，因為可疑的魔侍居然在尼克斯魔法修行學校內！

　　與此同時，羅賓發現舍監好夫人似乎很可疑，私自對好夫人進行追蹤。

　　在沫沫和科靜校長秘密執行「鼴鼠」行動時，想不到居然有人類發現了她們的蹤跡！一班對魔侍擁有狂熱愛好的人類查探到魔侍出沒的地點，想對魔侍來個一網打盡……

想與沫沫一起探索魔法世界？
請看《魔女沫沫的另類修行5》！

魔女沫沫的另類修行 4
遊歷人類世界

作　　者：蘇飛

繪　　圖：Tamaki

責任編輯：黃稔茵

美術設計：李成宇

出　　版：新雅文化事業有限公司

　　　　　香港英皇道499號北角工業大廈18樓

　　　　　電話：(852) 2138 7998

　　　　　傳真：(852) 2597 4003

　　　　　網址：http://www.sunya.com.hk

　　　　　電郵：marketing@sunya.com.hk

發　　行：香港聯合書刊物流有限公司

　　　　　香港荃灣德士古道220-248號荃灣工業中心16樓

　　　　　電話：(852) 2150 2100

　　　　　傳真：(852) 2407 3062

　　　　　電郵：info@suplogistics.com.hk

印　　刷：中華商務彩色印刷有限公司

　　　　　香港新界大埔汀麗路36號

版　　次：二○二二年七月初版

版權所有‧不准翻印

ISBN: 978-962-08-8050-6

© 2022 Sun Ya Publications (HK) Ltd.

18/F, North Point Industrial Building, 499 King's Road, Hong Kong

Published in Hong Kong, China

Printed in China